COMO EL FÉNIX

AGENTE ESPECIAL AINARA PONS Nº 6

RAÚL GARBANTES

amazon.com/author/raulgarbantes

goodreads.com/raulgarbantes

instagram.com/raulgarbantes

facebook.com/autorraulgarbantes

twitter.com/rgarbantes

Obtén una copia digital GRATIS de *Miedo en los ojos* y mantente informado sobre futuras publicaciones de Raúl Garbantes. Suscríbete en este enlace: https://raulgarbantes.com/miedogratis

ÍNDICE

PRÓLOGO

El leño cae al fuego y las chispas crujen disparadas en todas las direcciones. De inmediato se avivan las llamas, irradiando una luz que ilumina el rostro de Ainara Pons. Ella permanece en cuclillas por unos instantes, mirando el hogar. El clima en esta época del año comienza a ser más rudo y es necesario mantener el sitio con una temperatura aceptable. Verifica que todo esté en orden y se endereza. Tiene un gesto adusto, endurecido. Nunca dedicó mucho tiempo a la estética personal, pero la piel de su rostro, otrora blanca y tersa, se ve más reseca y oscurecida. El entrenamiento a la intemperie no solo fortaleció sus músculos y agudizó sus sentidos, sino que le curtió la piel y aumentó su resistencia. Ya hace dos años que se encuentra aislada del mundo y su única actividad es el entrenamiento. Ha ido adquiriendo habilidades de supervivencia también y perfeccionó su manejo de armas blancas. Luego de huir de Nueva York, cinco años atrás, tuvo que decidir cómo seguiría de allí en más. Tenía que mantenerse oculta, pero a la vez generar ingresos, porque los ahorros se le acabarían pronto. Hizo algo arriesgado, pero resultó bien; continuó haciendo lo que mejor sabía hacer, investigar. Con su gente de confianza armó una agencia de investigación privada. Esta actividad resultó más redituable de lo esperado y cuando, luego de tres años, el FBI comenzó a acercarse, decidió desaparecer definitivamente, pero con los suficientes ahorros como para manejarse sin problemas. Su última actuación como agente del FBI, en la que rompió todas las reglas, la puso en la lista negra de la oficina, convirtiéndola en uno de los prófugos más buscados.

Ahora tiene una vida simple, vive con lo básico, casi como una ermitaña. Es un poco aburrido y sin comodidades, pero con la tranquilidad de que la muerte no se encuentra cerca de ella, ni de sus amigos.

Se arrima a la rústica pared de madera y recoge el abrigo del perchero de hierro que lo sostiene. Se lo pone mientras abre la puerta. Un viento fresco le mueve el cabello, que, como casi todos los días, lo lleva recogido en una coleta.

Cruza el umbral y observa el paisaje boscoso que rodea a la cabaña. Piensa en lo hermoso de su refugio y en lo afortunada que fue al encontrarlo. Está totalmente aislada y nadie sabe que esa cabaña, que estuvo tanto tiempo abandonada, ahora era habitada por esta mujer solitaria. Hay aún mucha leña por cortar junto al tocón con el hacha. Ainara mira sus manos ajadas y piensa que le vendría bien una herramienta más pequeña. Cierra la puerta y le pone un gran candado oxidado. Coge la bicicleta y sale hacia el pueblo.

Atraviesa el largo y sinuoso sendero que la separa de la carretera. Luego de cinco minutos de andar, ve movimientos a lo lejos, gente que corre en su dirección. Aferra fuerte el manubrio y deja de pedalear, permite que la bicicleta siga avanzando por la inercia, pero de a poco va reduciendo la velocidad. Pronto advierte que un chico de color es perseguido por varios muchachos blancos. El joven, de unos dieciocho años, también la ve a ella y comienza a gritar pidiendo ayuda.

Ainara se detiene, agarra la cadena que utiliza para asegurar la bicicleta mientras deja a esta caer a un costado del camino.

—¿Qué sucede? —pregunta cuando el muchacho llega hasta ella.

—Me quieren matar, señora —dice el chico, escudándose a su lado. Ella mira a los hombres que se acercan y los estudia. Son cuatro campesinos, el mayor no tiene más de treinta años. No los considera demasiado peligrosos.

—Quítate, vieja —le grita uno de los persecutores, que con un bate de béisbol en alto intenta alcanzar al muchacho detrás de ella—. Si no quieres salir herida, apártate de ese negro.

En un movimiento rápido, Ainara toma al agresor de la muñeca y se la retuerce, obligándolo a soltar el bate.

Sus compañeros, los otros tres jóvenes de aspecto vaquero, al ver el accionar de Ainara se le van encima. Ella patea al que tenía agarrado, apartándolo a un lado, y con la cadena de la bicicleta golpea en la cara al primero que se acerca. Este cae noqueado y el que venía detrás alcanza a pegarle un puñetazo en el hombro.

Ainara no hace mella del golpe y gira, dándole un codazo en el pecho que lo frena en seco. Luego le da un rodillazo en los testículos que lo derriba. El tercero, que viene con un palo en alto, se detiene desconcertado al ver a sus compañeros en el suelo. Ya no está seguro de querer acercarse demasiado. El que había perdido el bate, lo recupera y le grita al amigo que continúa sin hacer nada

—. ¡Reviéntale la cabeza!

El muchacho toma coraje y trata de golpearla sin mucha convicción. Ainara vuelve a revolear la cadena, enroscando el palo. Tira con fuerza y arrastra el palo hacia ella, lo agarra con la otra mano y se lo estrella en la cabeza al agresor, que también cae retorciéndose.

Escucha un grito detrás de ella y ve al chico negro con el bate en la mano. El primer atacante está en el suelo tomándose la rodilla.

—Quiso pegarle por la espalda, señora —aclara el muchacho.

Ainara le responde con una sonrisa.

—Vete ya, chico.

El joven obedece, arroja el bate al suelo y se va corriendo. Ainara recoge la bicicleta y, tranquilamente, esquiva a los hombres que permanecen en el suelo y decide volver a la cabaña. Mientras se aleja, echa un vistazo atrás y susurra:

—Pensaba que esto se había acabado en el siglo pasado. El mundo se viene abajo.

1

FELIZ CUMPLEAÑOS A MÍ

Una semana después
  En algún lugar de Carolina del Norte
  Martes, 12 de octubre
  10:30 a. m.

BAJO DE LA moto y echo un vistazo a mi alrededor. El pueblo está, como siempre, tranquilo. Esa es la principal razón por la que elegí este lugar, poca gente. Cualquier movimiento extraño sería advertido de inmediato y, de una u otra manera, me enteraría. Me acomodo la capucha del abrigo. Si bien hay pocas cámaras de seguridad, nunca se sabe quién puede estar tomando una foto con su móvil para subirla a las redes, ni el pueblo más pequeño está exento de eso. No quiero que me encuentren.

Desde el incidente de la semana pasada con los racistas, no he vuelto a salir de la cabaña, y, menos aún lo haría en bicicleta. No sé de dónde salieron esos lunáticos, pero no me gustaría cruzarlos en la carretera y que me atraviesen con una camioneta. Con la moto puedo evitarlos con facilidad. Me siento más segura.

Necesito comer algo. Como se frustró mi salida al pueblo anterior, se me acabaron los víveres. Entro al café, el único en diez kilómetros a la redonda. Pido un capuchino y una dona. Mientras me llevo la dona a la boca, se me acerca la dueña del lugar, que hace las veces de mesera. Trae su móvil en la mano.

—Discúlpame, linda, ¿te llamas Ainara? —dice la mujer—. No sé si esto es una especie de broma o qué, pero tengo una llamada de un número privado y quieren hablar contigo.

¿Qué diablos es esto? Miro hacia los lados y busco por la ventana si hay alguien vigilándome, pero no veo a nadie.

—¿Atiendes, linda?

Extiendo la mano y la mujer me pasa su móvil.

—¡Feliz cumpleaños a ti… Feliz cumpleaños a ti! —Enciendo la cámara y me pongo de pie cuando veo en la pantalla a Andrew, Kim, Junior y Freddy, cantando como si estuviéramos en una fiesta. Camino hacia el baño, es el único lugar con un poco de privacidad.

—¿Qué están haciendo? ¿Cómo me encontraron?

—Un buen mago no revela sus secretos —me responde Andrew. Es un *superhacker* y me ha sorprendido en muchas oportunidades, pero esto me supera. No entiendo cómo me encontraron.

—Te extrañamos, Ainara —interviene Kim—. Vuelve, por favor, nos aburrimos sin ti.

La dueña del café entra al baño a ver qué está pasando.

—Deme cinco minutos, por favor —digo y le doy la espalda.

—Están tranquilos, querrás decir —la corrijo a Kim—. No corren los riesgos innecesarios que les hacía pasar cuando estaba allí. Pero ahora se están poniendo en peligro nuevamente, saben que atraigo catástrofes.

—No seas mala onda, Ainara —me dice Junior sonriendo—. No me digas que no te alegra nuestra llamada.

—No les voy a mentir, claro que me alegra, pero no es seguro, así que no lo vuelvan a hacer. Chicos —suspiro antes de continuar—, mis días de investigadora han terminado para siempre, no volveré, así que no me busquen.

—Ainara —me habla Andrew, que de repente se pone serio—, las cosas están muy raras. Hay levantamientos por todo el país, la ultraderecha está empujando a la violencia y nadie sabe hasta dónde llegarán. No es momento de que estés sola, juntos somos más fuertes.

—Lo siento, Andrew. Estoy retirada.

Corto la comunicación y vuelvo a suspirar. Me duele tratarlos así, pero es por el bien de todos. Me doy vuelta y veo que la dueña no está detrás de mí. Este teléfono puede ser un problema. Esta simple llamada puede hacer que el FBI me caiga encima. Meto la mano en mi bolsillo. Saco un grueso fajo de billetes, siempre llevo mucho efectivo conmigo.

Salgo del baño y veo a la mujer en el mostrador. Me extiende la mano, esperando que le devuelva su móvil.

Yo extiendo la mía, pero en lugar del teléfono le doy el dinero.

—Lo siento, señora —le digo sin detenerme y paso por la mesa a buscar mi dona—. El dichoso aparato se rompió.

—¡Ey! Vuelve aquí.

Sus gritos se escuchan incluso luego de cerrar la puerta y salir a la calle. Espero que no llame al *sheriff*, cualquier dato mío que ingrese al sistema me expondría. Tantas complicaciones para desearme feliz cumpleaños. ¿En qué estaban pensando? Sé que Andrew debe haber triangulado la llamada para que no me rastreen, pero hay quien dice que todos los teléfonos del país están intervenidos. Con la tecnología de reconocimiento facial, esa videollamada pudo ser mi perdición. ¡Diablos! Doy la vuelta a la esquina y entro a un callejón. Me dirijo a un bote de basura. Arrojo el móvil dentro. Saco mi encendedor y prendo fuego a la basura. Últimamente se me da bien el fuego. Espero que encienda lo suficiente como para asegurarme de que nadie lo podrá rescatar. Mientras tanto, me como la dona y canto en voz baja.

—Feliz cumpleaños, Ainara. Feliz cumpleaños a mí.

2

LA FOTO

  Martes, 12 de octubre
  05:00 p. m.

AYER DEBÍ VOLVER a la cabaña con las manos vacías. Todo mi dinero había quedado en poder de la dueña del café. No me gusta venir tan seguido al pueblo, pero no tuve alternativa. Anoche debí arreglarme con lo que quedaba en la despensa, frijoles y más frijoles. En algún momento me descuidé con las reservas, y solo me quedó lo que no me gusta: frijoles. Es por eso por lo que paso de largo por la sección de frijoles del minimercado. Ya llené mi canasta con lo que necesito: carne para hoy, verduras, sobres de sopa deshidratada y pastas secas. Es lo mínimo indispensable porque en la moto no puedo cargar demasiado, pero tengo al menos para cuatro días, más lo que cace por los alrededores.

Allá está. Es lo que me faltaba. Llego al sector de herramientas y tomo el hacha, la empuño sintiendo su peso y balance, está bastante bien. Es mucho más pequeña que la que tengo en la cabaña, pero lo suficientemente contundente para partir los troncos más chicos.

Ya terminé, espero que el muchacho de la caja no tenga ganas de hablar. Suele querer darme charla, y eso es algo que prefiero evitar. Cuando me acerco, veo que está distraído mirando la televisión. De reojo me fijo en lo que están transmitiendo y me sorprendo al ver el rostro de mi amigo Dexter.

—¡Qué diablos!

El cajero se sobresalta al escucharme. Le dejo las cosas y me acerco a la TV. Están diciendo que Dexter se suicidó ayer. Eso es imposible. Hemos hecho juntos cosas que podrían parecer suicidas, pero nunca haría algo así, más en el momento en que estaba tomando notoriedad en los medios. No sé si intentaba hacer política o andaba tras otra cosa. Ahorcado en la habitación de un hotel… No, ese no es el Dexter O'Sullivan que yo conozco.

—Son 45 dólares, señora.

—¿Qué? ¡Ah!, sí, claro.

Le pago al cajero y me llevo los víveres con la mente en lo que acabo de ver. Hacía tiempo que no hablaba con Dexter. Cuando fue contratado por la CIA para coordinar misiones especiales, decidimos que debíamos cortar todo contacto. La CIA mantiene a sus hombres vigilados, por lo que, a través de él, podrían llegar a mí. Por eso fue que no participó de mi equipo cuando realizábamos investigaciones privadas. Recién hace seis meses volví a llamarlo. Fue cuando supe que había dejado la

CIA y se había convertido en un personaje mediático. Fue algo inesperado. Alguien que, por sus actividades militares secretas, mantuvo siempre un bajo perfil, de repente aparecía en todos los medios hablando de los peligros de las armas en la población civil. Lo llamé para preguntarle si estaba todo bien, ya que su cambio de actitud me había llamado mucho la atención. Me dijo que había visto cosas que no le gustaron y que el país estaba en riesgo, pero que no podía hablar del tema por teléfono. Quedamos en organizar un encuentro que nunca llegamos a concretar. No entiendo qué le pudo haber pasado, pero no creo que haya nada que pueda obligarlo a tomar la decisión de suicidarse; no sé qué pensar.

Con la bolsa de víveres amarrada al asiento y el hacha en la cintura, me encamino a la cabaña. Los meses de monotonía de la vida que estoy llevando, súbitamente se interrumpieron dos días seguidos, espero que hayan sido una excepción y que la situación continúe como antes. Sin embargo, creo que este pensamiento surgió demasiado pronto, veo que una moto viene detrás de mí a una distancia prudente, pero estoy segura de que me está siguiendo.

La observo unos segundos más, pensando en qué hacer. Lo que sea que decida, debo hacerlo antes de llegar a la cabaña. Es entonces que veo frente a mí el viejo puente que atraviesa el río. Es muy angosto y los vehículos pueden pasar de a uno por vez. Voy reduciendo la velocidad y mi perseguidor se acerca. Al entrar al puente, me detengo. Cuando la moto se acerca, arranco y le atravieso la mía. El conductor se ve forzado a ir contra la baranda del puente y frenar. De inmediato salto y me abalanzo sobre él. Saco el hacha y la aprieto contra su cuello.

—¿Quién eres y qué quieres? —lo increpo mientras le quito el casco.

—¡Espera!, por favor.

Cuando le veo el rostro, aflojo la presión del hacha. Es un joven de veintitantos años. No lo conozco, pero me parece muy familiar, su rostro me recuerda a...

—Soy Alain, el hijo de Dexter O'Sullivan.

Dice agitado y yo lo suelto. No sabía que Dexter tuviera un hijo, pero el parecido es innegable. Tardo unos instantes en reaccionar y él se queda mirándome con miedo a lo que pueda hacerle.

—¿Cómo me encontraste?

—Mi padre me dijo que eras la única persona en quien podía confiar. Ayer fue asesinado y lo primero que hice fue venir a buscarte.

Asesinado. Así como me cuesta creer que se haya suicidado, también me resulta difícil pensar en que lo hayan matado. Era el hombre más rudo y hábil que he conocido, se necesitaría un ejército para vencerlo. Trato de reacomodar las ideas.

Escucho entonces ruido de motores y pienso que deberíamos salir del puente porque nuestras motos obstruyen el paso. Miro en dirección al sonido y veo un grupo de motos aproximarse. Alcanzo a ver que quien viene adelante nos apunta con un arma. Suena un tiro y arrastro a Alain detrás de las motos. Los agresores se detienen y comienzan a disparar. Lo hacen a la distancia, deben pensar que estamos armados, pero la realidad es que no. Sin embargo, pronto se darán cuenta de que no respondo el fuego y vendrán por nosotros.

—Corramos —le digo al hijo de Dexter mientras lo tironeo de la ropa. Lo hacemos agachados y las balas silban sobre nosotros.

Apenas bajamos del puente, salimos del camino y nos adentramos en el bosque. Allí tendremos más oportunidades de escapar que a campo abierto. Escucho que arrancan las motos: ya vienen hacia acá. Alain está pegado a mí. Se oyen las motos moverse entre los árboles, frenan y arrancan constantemente. Veo que una está muy cerca y empujo a Alain a un costado. Me resguardo detrás de un árbol, y cuando el atacante está pasando junto a mí, le asestó un hachazo en el casco. El motociclista vuela en el aire y su vehículo sale disparado. Vuelvo a correr y el hijo de Dexter me imita. Otra moto se acerca y veo una rama grande en la tierra. La agarro y, dando un salto en el sentido opuesto de la moto y cuando la tengo a mi alcance, ensarto la rama en la rueda delantera. La rueda se clava, la máquina da una vuelta en el aire, estrellándose contra un árbol, y explota prendiendo fuego al conductor, que cae unos metros más adelante. Volvemos a correr y nuevamente se aproxima otro motociclista. No sé cuánto resistiremos porque vienen varios más. Me cuelgo de una rama delgada y la hago inclinarse hasta que el motociclista se la lleva puesta con el pecho, cayendo al suelo. Rápidamente voy sobre él y lo noqueo de una patada. Veo que tiene un tatuaje en el cuello que no identifico, pero lo grabo en mi memoria para revisarlo más tarde. Miro a mi alrededor buscando una salida. Encuentro a pocos metros un recodo del río que se hace más torrentoso. Le hago señas a Alain y corremos hacia allá. Al llegar al borde, miro hacia los costados. ¡Un bote! No sé quién pudo haber dejado un viejo bote de madera amarrado allí, pero se lo agradezco. Nos apresuramos en esa dirección, pero me sorprende una moto que se abalanza sobre mí. Afortunadamente, la esquivo y el motociclista no puede frenar a tiempo. Va a dar derecho al río, que resulta ser más profundo de lo que parece. El agua se traga a nuestro perseguidor, que por algún motivo quedó enganchado a la moto. Subimos al bote, pero no tiene remos. Alain agarra una rama larga que hay a un costado y con ella nos apoyamos en una roca para alejar al bote de la rivera. El agua corre con fuerza y nos aleja enseguida. Un motociclista que llega hasta allí anda a la par nuestro y nos dispara, nos agachamos esperando que no tenga buena puntería. Pronto la moto no puede seguir y los disparos cesan. Recién entonces me doy cuenta de que el bote hace agua por todos lados, pronto nos hundiremos. Otro recodo del río nos oculta de la vista de los agresores, pero el bote se está llenando de agua y no soportará mucho. Estiro la rama que llevábamos y la engancho en un árbol tumbado junto al río. Alain me ayuda y, haciendo fuerza entre los dos, logramos arrimar el bote a la costa opuesta a la que nos subimos. Nos acercamos lo más posible al árbol y saltamos al agua, que nos llega hasta la cintura y está helada. Aferrándonos al tronco caído, logramos salir del río. El bote sigue su curso. Sin nuestro peso, resistirá a flote un trecho más antes de hundirse, los perseguidores no sabrán dónde bajamos. Por eso estaba ese bote abandonado allí, no servía para nada.

Seguimos largo rato en silencio por el bosque. Ya es de noche, pero conozco bien el terreno. Llevo dos años ejercitándome en estas tierras, sé dónde está cada sendero, maleza y cueva de alimañas con la que me pueda cruzar. He estudiado distintas rutas de escape por si fuera necesario y tengo alguna que otra trampa aquí y allá. Algunas son para animales, otras para alertarme si llega alguien inesperado.

La cabaña aparece de la nada en un pequeño claro, la luz de la luna apenas la ilumina. Entramos y enciendo un par de velas porque no tengo electricidad. Echo leña al fuego para subir la temperatura. Ya solo quedaban brasas y estamos empapados, congelados. Busco unos pantalones de gimnasia y un jersey para que Alain se cambie, es lo único que le puede entrar. Recién ahí me doy cuenta de que está sangrando, tiene una herida en el brazo.

—Me dieron cuando estábamos en el bote —me dice.

Busco el botiquín y lo desinfecto con alcohol. Una de las balas lo rozó, pero no era nada grave. Le pongo una venda y eso es todo, ya está listo.

Yo también me cambio. Ponemos a secar la ropa y el calzado junto al hogar. El móvil de Alain está mojado, así que lo deja para que se seque, esperando que funcione.

—¿Quiénes eran esos motociclistas y por qué querían matarte?

—No lo sé, Ainara. Deben ser los mismos que mataron a mi padre.

—De vuelta, entonces. —Me acomodo en el sofá mientras él se sienta en una silla junto al fuego—. ¿Cómo me encontraste?

—En cuanto vi las noticias anoche, anunciando la muerte de mi padre, agarré la moto y vine a buscarte —dice sin responder a mi pregunta—. Manejé muchas horas con la esperanza de que siguieras en este pueblo. A mi padre lo mataron y tenía miedo de que vinieran por mí. Me temo que no me equivoqué.

—¿Cómo sabes que lo mataron? ¿Y por qué vendrían por ti? Me parece extraño que, en lugar de ir a ver lo que le pasó a tu padre y encargarte de las cuestiones funerarias, hayas huido como si Dexter no te importara.

—Vamos, Ainara. Si las cosas son como me contó mi padre, tú lo conocías muy bien. ¿Lo imaginas a Dexter O'Sullivan suicidándose? Apenas escuché que hablaban de suicidio, supe que era todo mentira. No me iba a presentar a las autoridades para correr la misma suerte. Me llamó hace pocas semanas para decirme que si algo le pasaba, viniera a verte, que yo también estaba en peligro.

—Sigues sin decirme por qué —lo interrumpo, ya que aún no entiendo de qué va todo esto, ni siquiera sabía que Dexter tuviera un hijo. Esto debía ser algo de familia, recuerdo que la madre de Dexter, Leonore, a quien reemplacé como secretaria de seguridad nacional, tampoco me había dicho que tenía un hijo—. ¿Por qué a él, por qué a ti?

—No lo sé, Ainara —se pone nervioso al responderme y comienza a caminar por la sala—. No tenía mucho trato con mi padre. De niño lo veía un par de veces al año, cuando volvía de sus misiones. Mi madre ya tenía otra pareja, por lo que tampoco me hablaba mucho de él. Luego de la muerte de mi madre hace un año, lo vi en la televisión y decidí tratar de acercarme. Mira.

Va hasta la ropa que está secándose y busca su billetera. De allí saca una foto y me la alcanza. Al verla, se me hace un nudo en la garganta y todos los recuerdos me llegan en cascada. Es una foto de hace alrededor de siete años. Estoy con Dexter junto al presidente, el día en que fue condecorado. Habíamos desbaratado la organización mafiosa del Anillo y salvado la vida del presidente. Pero el costo de aquello fue muy alto, perdí a Danny, la persona que más he amado. Le devuelvo la foto. No esperaba que estas memorias regresaran, y no es momento para flaquear. Miro a mi alrededor como buscando a alguien que ya no está. Es algo instintivo, el que no está, aquel que siempre me dio consuelo y amor incondicional, mi bestia negra. Era mucho más que una mascota, era mi acompañante, pero también me dejó hace un tiempo. Uno por uno los seres que amo van desapareciendo, pero yo aún sigo aquí. No sé si es una bendición o una maldición, solo el tiempo lo dirá.

—A pesar de no ser un gran padre —dice Alain, interrumpiendo mis pensamientos mientras fija su vista en la foto—, era mi héroe. Imagínate, con dieciséis años y ver a tu padre en las noticias siendo condecorado por el presidente.

Lo miro sin decir nada. Aquel reconocimiento duró poco y no nos sirvió de nada. Tal vez lo único bueno de aquello fue que hizo que un hijo se sintiera orgulloso de su padre y, en mi caso, que un padre se sintiera orgulloso de su hija. Fue una de las cosas que me confesó mi padre en algún momento. Me había dicho que empezó a dejar de beber cuando me vio en las noticias con el presidente. Me dijo que sintió que debía hacer lo posible para que yo me sintiera orgullosa de él, como él lo estaba de mí.

—Desde que comenzó a aparecer en televisión, empecé a seguir sus declaraciones —continúa explicando Alain—, y no solo hablaba en contra de las armas, sino que además sugería que elementos del Gobierno y de la justicia estaban impulsando que la ultraderecha recurra a la violencia. Tal vez su muerte viene por ahí.

Pienso en las palabras de Alain y hay cosas que no me cierran. Está claro que el resurgimiento de la ultraderecha y los supremacistas es un hecho, pero que el Gobierno tenga que ver con eso es otra cosa. Además, aunque así fuera, no creo que el Gobierno sea el responsable de su muerte. Dexter era un patriota condecorado, pero últimamente su figura ya no tenía tanto peso. Los medios lo trataban como un chiflado conspiranoico. Aunque su retórica no les cayera bien a algunos poderosos, no tenían necesidad de matarlo, ya nadie lo tomaba en serio. Aquí hay algo más, pero yo no tengo nada que ver.

—Mañana temprano te irás —le digo poniéndome de pie—. No quiero saber nada contigo. Puedes dormir en el sofá. El baño está afuera.

3

ALGUIEN TIENE QUE PAGAR

CABAÑA DE AINARA
  Miércoles, 13 de octubre
  04:30 a. m.

—Salud —me dice Dexter y luego bebe su cerveza. Yo tomo de la mía, está riquísima. Hacía tiempo que no me divertía tanto. Estamos en un bar, a la vista de todos, como si no tuviéramos nada que ocultar. Recordamos viejos tiempos y nos reímos mucho. No me había dado cuenta hasta el momento de cuánto lo aprecio. Es alguien de toda mi confianza, ya me ha demostrado su lealtad y valía. Cuando necesité alguien en quien apoyarme, que se jugara la vida por mí, allí estuvo. Bebo otro sorbo de cerveza y, cuando bajo el vaso, no veo a Dexter por ningún lado: hasta hacía un segundo estaba sentado frente a mí. Miro alrededor, buscándolo, pero sigo sin verlo. No sé qué sucede, porque el bar de repente se ha vaciado. Me levanto y recorro el lugar. Pienso que puede estar en el baño y voy hacia allí.

—Dexter —lo llamo, pero no tengo respuesta. Empujo la puerta y entro, no veo nada. Miro al espejo y veo que hay algo detrás de mí. Giro entonces abruptamente y lo encuentro a Dexter, colgando de una soga que estrangula su cuello. Con los ojos cerrados, se balancea con lentitud como si alguien lo empujara.

—No, Dexter. ¿Por qué lo hiciste?

Sus ojos se abren de repente.

—Yo no lo hice, Ainara. ¿Por qué me abandonaste?

Me siento de golpe en la cama, ahogando un grito que no llegó a salir. Miro alrededor y veo que estoy en mi habitación.

—Maldita pesadilla.

Suspiro. Escucho ruidos de latas. Es alguna de las trampas que tengo fuera de la cabaña. Me levanto y camino hasta la sala, Alain no está aquí. Tal vez fue al baño y el torpe activó mis alarmas. Recuerdo la pesadilla y pienso en revisar el baño.

—Basta, Ainara, no seas ridícula —me digo a mí misma. Ahora hay más ruidos afuera, escucho voces.

—Sal con las manos en alto, puta amante de negros.

La frase me sorprende y no entiendo qué está sucediendo.

—Sal desarmada o le vuelo los sesos a tu novio.

¡Tienen a Alain! Me dirijo rápido hacia la salida. Agarro un cuchillo que dejo siempre junto a la puerta y me lo guardo en la cintura. Abro y estudio la escena. Las luces de una camioneta iluminan un poco el sitio. Veo a un hombre aferrando del cuello a Alain y a otro que le apunta con una escopeta en la cabeza. Salgo con las manos en alto para que se queden tranquilos y camino hacia ellos, quiero acercarme lo más posible. Advierto que hay dos hombres más a caballo y otros tres junto a la camioneta.

—Es la perra que te conté —le dice el que tiene la escopeta apuntando a Alain. Recién entonces lo reconozco, es uno de los racistas que perseguían al muchacho negro el otro día, el que llevaba el bate de béisbol.

—Entréganos al negro, ramera —me grita el que claramente es el líder. Es quien tiene aferrado a Alain, que se envalentona y lo suelta.

—Por favor —le digo mientras me sigo acercando—, no nos hagan daño.

Cuando estoy a casi tres metros, veo que se lleva las manos a la cintura para sacar un revólver. No puedo esperar más. Saco el cuchillo que traía oculto y se lo arrojo, clavándoselo en el cuello.

—¡Mierda! —grita el de la escopeta, que deja de apuntarle a Alain para tratar de dispararme. Alain reacciona y comienzan a forcejear. Yo ruedo por el suelo hasta el tocón, donde está clavada mi nueva hacha. La tomo y se la lanzo al que venía acercándose a caballo. Le doy en el pecho y el jinete cae junto a mí. Agarro su escopeta y me subo al caballo. El otro jinete me dispara con su arma sin ninguna puntería, así que respondo al fuego y lo volteo de un solo disparo. Escucho otro estruendo y veo que Alain pudo con su captor, que yace sangrando en el suelo. Apunto entonces a los de la camioneta. Uno de ellos me dispara, dándole a mi caballo, que se tambalea. Yo respondo acertando en su cabeza. Los otros dos

21

intentan huir subiendo a la camioneta. Con otro tiro bajo a uno de ellos, pero el que resta logra arrancar el vehículo y gira violentamente para escapar. Alain también le dispara, haciendo estallar el neumático delantero. El conductor pierde el control y choca de su lado contra un árbol. Mi caballo se desploma, desangrándose, mientras salto a un lado y camino hacia la camioneta. Estudio a los demás agresores y se ve a simple vista que no hay ninguno con vida. Llego hasta la camioneta. Veo que el hombre rubio y barbado está gravemente herido, ni siquiera forcejea para salir, no creo que resista mucho.

—¿Quién los envía? —le pregunto al hombre agonizante, apuntándole con la escopeta.

—Nos envía Dios, maldita pu...

No le doy tiempo a terminar y acabo con su miseria. Le vuelo la cabeza de un tiro.

AÚN ES DE NOCHE. Tengo al menos una hora más de oscuridad. Espero estar lejos de la cabaña para cuando amanezca. El caballo que sobrevivió al ataque nos vino muy bien. Siento el cuerpo de Alain a mi espalda mientras cabalgamos al paso, pero venimos en silencio. No hizo falta que le diga que no hablemos. Luego de acabar con los agresores, amarré el caballo a un árbol y revisé los cuerpos. No había nada que indicara algo distinto a lo que parecían, un grupo de fanáticos. También revisé sus teléfonos, uno de ellos no necesitaba clave, así que lo aproveché. Luego lo arrojé al suelo y lo destruí con el hacha grande. Vi que Alain levantaba las armas de los muertos, le dije que no lo hiciera, no podíamos tener nada encima que nos relacione con esta matanza. Entré a la cabaña a buscar lo mínimo indispensable para desaparecer. Mi hogar durante los últimos dos años ya no era seguro. Mi moto quedó ayer en el puente y no podía ir a buscarla, los atacantes motociclistas podrían estarnos esperando. El caballo fue nuestra mejor opción.

Veo el lago adelante, ya casi estamos.

—¿Y ahora qué hacemos? —me pregunta Alain al advertir el lago. No le respondo, tengo muchas dudas acerca de sus intenciones y no sé qué pensar. Llegamos al borde del agua y miro hacia los lados. Allí está. La luz de un cigarrillo me marca el lugar. Giro el caballo hacia la derecha y avanzo veinte metros. En la sombra de la noche, apenas se ve el bote de motor y al hombre que lo maneja. El viejo arroja el cigarrillo al agua y enciende el motor. Bajamos del caballo. Recojo una rama del suelo y azoto con ella al animal que relincha y sale al galope. Subimos al bote.

—¿A dónde vamos? —me pregunta Alain, pero no respondo, prefiero que no sepa nada hasta estar segura de que me dice la verdad.

—¿Cómo sabías que este hombre estaría aquí?

Tampoco le contesto, no tengo por qué explicarle nada. Además, ni siquiera se dio cuenta de que envié un mensaje con el móvil de aquel cadáver.

—Enciende tu móvil —le digo para ver si el aparato funciona. Luego del chapuzón de ayer, quedó muy mojado.

—No enciende —me contesta y se vuelve hacia el anciano—. ¿Me puede decir a dónde vamos?

—Ya cállate —le ordeno—, el hombre es sordo.

—Ainara —me dice y lo miro, estoy cansada de este muchacho. Si no fuera hijo de Dexter, ya le hubiera dado una paliza—. ¿Dónde aprendiste a matar así?

Me hartó. Lo tomo del cuello y lo arrastró al costado del bote hasta meterle la cabeza en el agua. El viejo detiene el bote. Lo dejo respirar un instante.

—¿Quiénes eran los motociclistas de ayer? —le pregunto y lo vuelvo a hundir. Lo saco y lo suelto.

—No lo sé, Ainara. Te lo juro.

Me dice casi sollozando. El anciano sonríe y vuelve a arrancar el bote—. Por favor, Ainara, necesito ayuda. Por la memoria de mi padre; estoy solo.

—Por la memoria de tu padre no te he pateado el trasero hasta ahora. Los racistas de anoche no me preocupan. Si no hubieras estado allí, lo hubiera resuelto y ya, pero los motociclistas que vinieron contigo son otra cosa.

Le quito el teléfono, que había quedado tirado en el bote, y presiono el botón de encendido. El aparato se prende. Lo miro a Alain sin decir nada. Marco el número de Junior. Tarda en responder, debe estar durmiendo, aún no amanece.

—Hola. —La voz de Junior suena grave.

—Hola, Junior, soy Ainara. Junta al equipo que estoy en camino. La muerte de Dexter no fue un suicidio. Investiga lo que puedas.

—Comprendido, Ainara.

Corto la llamada y arrojo el teléfono al agua. Alain me mira desconcertado, pero no le digo nada. Si lo siguieron hasta mí, posiblemente su teléfono estaba rastreado.

Mataron a Dexter y me quisieron matar a mí. Sigo dudando de Alain, pero no tengo otra alternativa que traerlo conmigo. No me voy a esconder más, alguien tiene que pagar.

4

ES TODO UNA FARSA

Nueva York
   Miércoles, 13 de octubre
   10:30 a. m.

JUNIOR ENTRA AL juzgado y muestra sus credenciales para acceder a los archivos. Se presenta como Michael Petroccelli, asistente del fiscal de distrito, una fachada que le abre puertas y no genera preguntas. Los asistentes del fiscal cambian constantemente y nadie conoce sus nombres. Andrew hackeó al juzgado para obtener la información sobre la muerte de Dexter, pero no había nada en el sistema. Podía ser una demora normal, ya que la muerte de Dexter había sucedido hacía solo dos días. Sin embargo, Andrew pensaba que podría tratarse de algún encubrimiento, porque los datos que aparecían, para ser un caso mediático, eran muy pocos; algo le olía mal. La única forma de saber qué estaba pasando era ir al juzgado y acceder a las notas preliminares en papel. Es así que Junior se puso su traje gris, gafas de intelectual y se convirtió en un abogado desconocido, no era la primera vez que lo hacía.

Cuando llega al último empleado administrativo que le permitirá ver los documentos, se encuentra con una pregunta que no sabe responder.

—¿Petroccelli? —pregunta el hombre de unos sesenta años—. ¿Como el abogado de la televisión?

—¿Perdón? —dice Junior, sorprendido.

—Sí —insiste el hombre—, el que vivía en un remolque.

—Lo siento —responde Junior, sonriendo—. No sé de qué me habla.

El hombre vuelve a mirar la credencial y Junior teme que la cosa se complique. Sin embargo, el empleado se alza de hombros y le devuelve el documento. Lo lleva al sector donde se encuentran los documentos. Junior insulta por dentro a Andrew, es una broma que el *hacker* solía hacer: utilizaba para los nombres falsos personajes de series de televisión de los setenta o los ochenta. Junior se había quejado con él más de una vez, diciendo que lo ponía en riesgo, pero Andrew continuaba haciéndolo.

Cuando llega al archivero, lo encuentra prácticamente vacío. El nombre de la causa es suicidio de Dexter O'Sullivan, por lo que si ya se había declarado de esa manera, no habría más investigación. Están los nombres del juez y del testigo principal, Marcus Lonnie, un empleado de limpieza del hotel en el que apareció el cadáver. No figuran los nombres de los primeros policías en llegar a la escena, ni ninguna descripción aparte de que lo encontraron ahorcado. Lo único llamativo es que se menciona que el FBI no encontró nada que apunte a algo que no fuera suicidio. Es raro que se inmiscuya el FBI si no hay nada que involucre un crimen federal. También es extraño que, si ya se había declarado que era un suicidio, aún no se hubieran subido los datos al sistema.

Junior comprende que Ainara tenía razón, que a Dexter lo habían matado y que ahí había un encubrimiento. Le toma fotos con su móvil a las tres páginas que integran el caso y sale del juzgado. Entre lo poco que encuentra, halla la dirección del testigo, así que, no teniendo otra pista, decide ir a buscarlo.

HAY momentos en que a Junior le gustaría tener un coche menos llamativo. Este es uno de esos momentos. Circula en su Cadillac por un barrio marginal y se siente observado. Grupos de gente que corren por las calles se detienen para mirarlo. Los disturbios son cada vez más frecuentes y la velocidad con la que se acrecientan no da tiempo a reaccionar. Lamentablemente, las pandillas han copado las calles y la policía parece haber perdido el control. Una banda de jóvenes rapados están pintarrajeando un patrullero con las palabras «White pigs». Junior piensa en que el clima político está muy caldeado y no sabe hasta dónde se va a llegar con esta violencia. Mientras los políticos se pelean entre sí, las calles se han convertido en tierra de nadie. Es algo nunca visto en Estados Unidos.

Junior verifica la dirección y sabe que ha llegado. La casa es igual a la mayoría de las del barrio, fachada de madera con un porche y un jardín a la entrada. Todo está muy venido abajo, basura acumulada y paredes descascaradas. Podría considerarse deshabitada si no fuera porque hay luz dentro. Baja del coche y observa que una cortina se cierra, su visita ya no es sorpresa. Se acerca a la entrada y toca el timbre. Un hombre desalineado, de unos cuarenta años y con una cicatriz en la mejilla, abre la puerta hasta lo que da la cadena de seguridad.

—Busco a Marcus Lonnie —dice Junior.

—¿Y tú quién eres? —repregunta el hombre con desconfianza.

—Soy amigo del hombre al que encontraste muerto —dice Junior luego de pensar por un instante su respuesta: supuso que si mantenía su fachada de asistente del fiscal, el testigo repetiría su versión original. Tal vez, al presentarse como amigo del difunto, el testigo podría no estar tan a la defensiva y revelar algo que no haya dicho en su declaración.

—Ya le dije todo a la Policía —afirma el hombre e intenta cerrar la puerta, pero Junior la traba con el pie. Marcus Lonnie lo mira fijo y Junior le muestra un billete de 50 dólares.

—Mira, Marcus —dice Junior tratando de buscar empatía—, solo quiero saber lo que le pasó realmente a mi amigo.

—Tal vez pueda decirte algo —responde el testigo, dejando de resistirse.

Junior sonríe y le pasa el billete.

—Quiero saber los detalles de lo que encontraste en la habitación.

—Bueno —dice Lonnie, midiendo sus palabras, sabe que lo que está por decir lo pone en riesgo—, en realidad no vi todo lo que le conté al juez.

—Dime qué viste, entonces —insiste Junior, satisfecho, parece que encontró algo después de todo.

—Puedo decirte lo que sucedió, pero estoy sin coche y me gustaría llevar a pasear a mi chica con estilo.

Junior no entiende lo que le está diciendo.

—Creo que tu Cadillac le gustaría mucho a mi chica.

Recién entonces Junior comprende lo que le está pidiendo este hombre. Se muerde el labio inferior, conteniendo su enojo. Duda un instante, pero suspira y saca las llaves de su bolsillo.

—Espero que tengas una buena historia para contar, porque si no tiraré está puerta abajo.

Luego de decir esto, le entrega las llaves y Lonnie las aferra con avidez.

—En realidad, no vi nada —dice para sorpresa de Junior—. Esa noche salí más temprano del hotel porque me encontré con otra mujer, pero no podía decir nada. No quería problemas con mi jefe ni con mi novia. Así que nunca entré a limpiar esa habitación. Cuando volví para fichar la salida de mi turno, me interceptaron dos hombres de traje negro. Me dijeron lo que tenía que decirle al juez y me dieron unos billetes. Me aseguraron que no tendría ningún problema porque ya estaba todo arreglado. Me indicaron que me quedara en la recepción, esperando a la policía, que ya estaba en camino.

Junior se queda pensando unos segundos en lo que

acaba de escuchar. Quita el pie de la puerta y se aparta. De inmediato, Lonnie cierra de un portazo. Junior busca su móvil porque esta información es importante. Se da vuelta y camina hasta la calle mientras llama a Freddy Tanaka.

—Hola, Junior —dice Tanaka, atendiendo.

—Hola, Freddy. Necesito información.

—¿De qué se trata?

—De Dexter O'Sullivan —responde Junior—. En el expediente figura que tomó intervención el FBI. Acabo de hablar con el testigo y es todo una farsa, un montaje. Ainara vuelve y estamos reagrupando el equipo. Dexter no se suicidó, fue asesinado.

Se hace silencio al otro lado del teléfono y Junior se queda esperando.

—Ahora no puedo hablar —dice al fin Tanaka con una actitud dubitativa—, no te escucho bien, luego te llamo.

Freddy corta la comunicación y Junior se queda mirando el móvil. No comprende por qué Tanaka reaccionó de esa manera, pero sabe que pueden estarlo escuchando y prefiere no cuestionarlo. Guarda su móvil y observa por última vez su coche.

—Espero que haya valido la pena —afirma lamentándose y luego mira hacia los lados. Debe conseguir rápido un transporte público, sabe que aquí no encontrará ningún taxi y quiere irse de este barrio lo más rápido posible.

5

POR LA MEMORIA DE DEXTER

BROOKLYN
  Miércoles, 13 de octubre
  6:30 p. m.

ESTOY CANSADA. El incidente en el bosque con los motociclistas, los supremacistas; luego, la cabalgata, el bote, más tarde un autobús y por último el tren, fue mucho para un día y medio. Una cosa es el entrenamiento y otra es cuando la vida está en juego. Ya casi había olvidado lo que era correr constantemente sin bajar la guardia. Pero así es mi vida y debo continuar. Ahora todo eso quedó atrás y me arrastro por un estrecho túnel con paredes de metal.

Es un conducto de ventilación. Lo hago con lentitud para no hacer ruido. Alain viene justo detrás de mí. Temo que cometa algún error, así que le hago señas para que tenga cuidado. Al pasar por un sector del conducto, noté que estaba flojo, y no quiero que lo termine rompiendo. Recorro un metro más y llego al extremo. Desde la rejilla que me separa de lo que está afuera, puedo ver todo el lugar, eso es lo que pretendía. Es un sótano bastante amplio. En el centro se ve un gran escritorio con varios monitores y a una persona manejando uno o más ordenadores. Sonrío, reconozco a esa persona pese a que está de espaldas: es Andrew Collins. Estamos en su búnker, un sótano de Brooklyn, desde donde realiza sus actividades como *hacker*. Preferí echar un vistazo a lo que sucedía dentro antes de ingresar con Alain. Debo ser precavida, trataron de matarme dos veces en las últimas cuarenta y ocho horas, los problemas parecen acrecentarse minuto a minuto.

Escucho que alguien golpea la puerta, haciendo una especie de clave. Andrew se levanta y va a abrir. Es Kim, cargando un bolso y unos libros. Ver su rostro es como un sorbo de agua fresca, es la única amiga que me queda, con la que puedo hablar cosas de chicas. Detrás de ella entra Junior, con su móvil y unos expedientes. Se saludan con afecto y se preguntan por Freddy, nadie pudo contactarlo para reunir el equipo, como se los pedí. Junior dice que lo notó muy esquivo cuando habló con él por última vez.

Siento una gran alegría al verlos. He pasado los últimos dos años endureciéndome, empujando mis sentimientos a lo más profundo para no sentir el dolor de la separación. Cuando decidí irme, creí que lo haría para siempre, que nunca los volvería a ver. Mi cercanía los ponía en peligro y era necesario desaparecer. Las autoridades me estaban cercando, es imposible estar en la acción y no dejar ningún rastro. Si yo caía, caerían ellos también, y no lo podía permitir. Por ese motivo es que prácticamente cerré mi corazón al irme, pero ahora, cuando los veo, todas las emociones afloran juntas. Los recuerdos se suceden y por un instante pierdo la compostura. Creo que me estoy relajando, luego de dos días continuos de tensión extrema, es lógico que termine teniendo algún tipo de catarsis.

Vuelve a sonar la puerta. Es Freddy quien ingresa ahora. Están todos. Me quedo un tiempo mirándolos, como una madre que observa a sus niños jugar. Solo que no están jugando, de hecho, discuten.

Freddy intenta convencer al resto de que el caso de Dexter es una pérdida de tiempo. Explica que el tipo se ahorcó y el FBI hizo lo que debía hacer.

—El caso está prácticamente cerrado porque era un excombatiente lunático —dice Freddy, convencido de que esto no tiene sentido.

—No es así, Freddy —protesta Junior—, es todo una farsa. Nadie vio el cadáver, el testigo mintió, nunca entró a la habitación. Y estos datos me costaron el coche.

—Si Ainara quiere salir de su reclusión e investigar el caso —interviene Kim—, tiene que ser por algo.

—Dexter O'Sullivan era amigo de Ainara —persiste Freddy con su explicación—, a eso se debe su interés, lo entiendo, pero no amerita una investigación.

—Precisamente, porque era amigo de Ainara, es que debemos investigar, es lo menos que podemos hacer por ella.

Mientras escucho la discusión, no puedo dejar de pensar en Alain. Más allá de mis dudas sobre él y de su errática relación con Dexter, no puedo olvidar que era su padre. Supongo que debe estar pasándola muy mal con todo esto. Lo escucho moverse detrás de mí, lo que se está hablando lo debe haber afectado. Sin embargo, se está moviendo demasiado y nos va a delatar. Suena un fuerte ruido metálico y el conducto se sacude. Una placa se desprende y Alain cae. Mis amigos se sorprenden. Freddy saca su arma y apunta a Alain, que los mira desconcertado. Esto se puede complicar, así que debo intervenir. Aprovecho el hueco que abrió Alain y me deslizó fuera del conducto hasta caer de cuclillas dentro del sótano. Cuando me enderezo, veo a mis amigos y sonrío. Freddy baja su arma. Los otros tres se acercan y me abrazan. Otra vez estamos juntos.

LUEGO DE LOS saludos y abrazos, comienza el momento de las explicaciones. No es común que dos personas caigan del techo como si nada.

—Podrías haber usado la puerta —me dice Andrew mientras mira el daño que causamos en el ducto de ventilación.

—Me disculpo por la entrada triunfal —digo sonriendo—, pero quería asegurarme de que no hubiera desconocidos.

Cuando digo esto, todos lo miran a Alain, el único desconocido acá es él.

—Él es Alain, el hijo de Dexter —les cuento a mis amigos mientras señalo a mi acompañante—. Él me contactó para pedirme ayuda. Cree que quienes mataron a su padre ahora pueden ir por él. La realidad es que fuimos atacados por un grupo de motociclistas armados, que nada tenían que ver con los locos supremacistas que están por todos lados. Si bien parecía extraño que Dexter se suicidara, el ataque que recibimos me confirma que algo raro hay.

—Hace unas horas hablé con el supuesto único testigo del suicidio. Él nunca vio el cadáver, ni siquiera estaba en el hotel cuando sucedió. Le pagaron para que diera esa versión.

—¿Quién le pagó? —lo interrumpo.

—El testigo me dijo que eran dos hombres de traje negro. Le indicaron que si testificaba con el guion que le dieron, no habría ningún problema, que estaba todo arreglado.

—Todo arreglado… —reflexiono en voz alta—. Tiene que haber alguna entidad gubernamental implicada.

—En el expediente —se apura a contar Junior—, por demás escueto, se menciona al FBI. Lo cual no tiene ninguna justificación. ¿Qué tendría que ver el FBI con un suicidio?

Todos lo miramos a Freddy.

—Si el FBI tiene el caso —le digo directo a Tanaka —, quiero que me traigas el informe forense de la autopsia y el resultado de las pericias en la escena del crimen. ¿Quién es el detective a cargo?

—El detective a cargo es Philip.

La respuesta de Tanaka me deja en silencio. Philip era mi amigo, me salvó el pellejo cuando ejecuté al líder de la organización criminal «el Anillo». Pero es muy extraño que, siendo jefe del Departamento de Nueva York, se encargue personalmente de un caso de suicidio.

Freddy no dice nada, se nota que está molesto, no entiendo bien por qué. ¿Desde cuándo tiene esta actitud corporativa?

—Freddy —le digo mientras le apoyo la mano en el hombro—, la corrupción está en todos lados. No sería la primera vez que un miembro del FBI se pasa de bando, ya me ha sucedido. No lo tomes como algo personal.

—No te preocupes, Ainara —me responde con seriedad—, haré lo que tenga que hacer.

Su respuesta me resulta ambigua, pero debo confiar en él. Ya me ha demostrado su lealtad y no tengo por qué dudar. Dudé en el pasado y me equivoqué, no repetiré el mismo error. Cuando tuvo que elegir entre el FBI y mi seguridad, me eligió a mí. Sin embargo, temo que el respeto y la admiración por su superior nublen un poco su criterio. A mí misma me cuesta pensar en que Philip Nash esté metido en algo turbio, pero tal vez haya una razón para su accionar. Lo mejor será que investigue también por otro lado.

Freddy se está yendo casi sin despedirse. Cuando está por cruzar la puerta, le vuelvo a hablar.

—Freddy.

—Sí, Ainara.

—¿Sabes algo de Peter?

—Lo siento, Ainara. No sé nada.

Luego de decir esas palabras, abandona el sótano. Ya van cinco años sin saber nada de Peter. Él era mi compañero en el FBI. Luego de desbaratar la mafia china San Gen, lo dejé en una muy mala posición. Fue testigo de cuando maté a sangre fría al líder de los mafiosos. Estaba en una encrucijada, si delatarme e ir tras de mí, o encubrirme y arriesgar su carrera, incluso con la posibilidad de ir preso. Tomó una tercera opción. Se retiró del FBI y desapareció. Andrew se ofreció a rastrearlo, pero se lo prohibí. Lo menos que podía hacer por él era respetar su decisión. Además, me reconforta pensar que tal vez esté en alguna playa tomando daiquiris. Era un gran amigo.

Veo que Kim me observa, pero no me interrumpe. Soy yo la que se acerca a ella y la apartó a un costado.

—Tengo un par de tareas para ti —le digo—. Lo primero es que investigues a Nash. Quiero saber por qué se inmiscuyó en este caso.

—*Okey*.

—Y lo segundo —le digo mientras extraigo un papel doblado de mi bolsillo—. Este diseño lo copié de un símbolo que tenía uno de los motociclistas que intentaron matarnos. Averigua qué significa, por favor.

Kim asiente con la cabeza. Escucho entonces a Andrew hablando con Alain.

—¿Te dijo algo tu padre?

—No me dijo nada específico, solo que si algo le pasaba a él, recurriera a Ainara porque mi vida podía correr peligro.

—¿Estabas al tanto de sus actividades?

—No, solo sé lo que salía en los medios y las redes. Teníamos intereses muy distintos.

—¿Por qué lo dices? ¿A qué te dedicas?

—Nada que ver con la política. Comercio con antigüedades, las importo de Europa.

Todavía hay algo con este chico que no me cierra. Es

demasiado joven para ser un conocedor de antigüedades. Pero es solo una intuición, no veo qué intenciones podría tener para ocultar algo. Ya veremos. Por la memoria de Dexter, debo pensar lo mejor. Y por la memoria de Dexter, debo hacer justicia.

6

ESTOS FANÁTICOS SON CAPACES DE CUALQUIER COSA

Brooklyn
Miércoles, 13 de octubre
8:30 p. m.

—Estamos con Dexter O'Sullivan. Un hombre que ha sido parte de grupos de élite que defendieron nuestra nación durante el último cuarto de siglo. Se hizo famoso cuando, hace siete años, fue condecorado por ser parte de un minúsculo grupo de patriotas que le salvaron la vida al presidente y sostuvieron nuestra democracia, cuando se tambaleó como nunca en nuestra historia. Desde hace unos meses, luego de haber tenido un paso por la CIA, ha comenzado a aparecer en los medios. Ahora bien, Dexter —el periodista se dirige al fin a su invitado—. Has estado diciendo cosas muy fuertes. ¿Podrías contarnos toda la historia?

—No hay mucho que agregar a lo que ya he dicho —

responde Dexter—. Todo lo que vemos en las calles está planeado. No se trata de gente descontenta que se manifiesta de manera espontánea. Se trata de intereses de gente poderosa, que se aprovechan de unos cuantos fanáticos para impulsar el desorden social.

—¿Quién quiere eso y para qué?

—No estoy en libertad de decirlo, pero la ley de armas es parte del plan. Quieren armar al público para que las cosas se salgan de control. Estos supremacistas, que de repente han salido de la nada, son apenas títeres que serán descartados en cuanto ellos alcancen el objetivo.

—Pero ¿quiénes son ellos, Dexter?

Dexter menea la cabeza y mira para abajo. Hace un silencio para tomar fuerza. Vuelve a mirar fijo al periodista.

—Ellos están en todos lados —explica—. Están en el Gobierno, en la justicia, en las agencias y en los medios.

—¡Wuau! Dexter —continúa el periodista—. Es mucho lo que nos cuentas, pero parece una teoría más de conspiración como las que puedes encontrar en las redes. ¿Podrías darnos algún dato más que respalde tu relato?

Dexter hace silencio nuevamente y medita en las palabras que está por decir.

—Tengo conocimiento de negociados con grupos paramilitares para la venta ilegal de armas.

—Eso sí me interesa, Dexter. ¿Tienes pruebas de lo que estás diciendo?

—Tal vez las tenga.

—Eso no es suficiente, Dexter. El público necesita ver

las evidencias —insiste el periodista llevando a su invitado hasta el límite.

—No estás entendiendo —afirma Dexter, alterado—. Les estoy diciendo que quieren generar una guerra civil. Empujan a la población a la violencia, luego le dan armas, y al final es un todos contra todos que termina derrumbando al Gobierno. ¡Despierten, por favor! Yo dejé mi sangre por este país. No combatí por América para esto.

Andrew detiene el video y me quedo pensativa. Dexter era un hombre de acción, nunca fue un charlatán. Si dijo estas cosas, fue porque tenía alguna prueba. Por otro lado, me llama la atención su aspecto, se le veía envejecido, agotado. Creo que el tiempo hace estragos en todos. Les echo un vistazo a mis amigos y observo cuánto han cambiado. Busco en las paredes y encuentro el espejo. La visión que me devuelve no escapa al mismo razonamiento, ya no soy una jovencita. A veces pienso en cuándo terminarán estas crisis constantes. En el momento en que pareciera que alcanzo una estabilidad, siempre todo se viene abajo.

—Esta fue la última aparición pública de Dexter. —Las palabras de Andrew me sacan de mis elucubraciones y me traen de vuelta a la realidad—. Se realizó dos días antes de su muerte y tiene más de doscientas mil vistas en YouTube.

No hay que ser un genio para darse cuenta de que la muerte de Dexter O'Sullivan está directamente relacionada con este reportaje. Ya que no solo repitió sus teorías de conspiración, que últimamente nadie tomaba en serio, sino que agregó un tema nuevo: la venta de armas.

—Creo que aquí está la clave, Andrew. ¿Hay algo más sobre la venta de armas?

—No, Ainara, lo siento —me contesta Andrew, disculpándose por no tener todas las respuestas—. Pero buscaré rumores en la Deep Web. Algo encontraré. Lo que sí tengo son las agresiones que recibió Dexter en las redes en los últimos tiempos.

—Cuéntame.

—Son discusiones que tuvo Dexter con los supremacistas, algunas muy subidas de tono. Incluso llegaron a amenazarlo de muerte. Algunos dicen que lo van a encontrar, otros que saben dónde vive y que tiene los días contados.

—¿Crees que las amenazas sean reales? —le pregunto a Andrew porque dudo de que hubieran constituido un real peligro para un hombre tan entrenado como Dexter.

Andrew gira en su silla y comienza a pasar videos en dos monitores. Son escenas de supremacistas torturando a inmigrantes asiáticos y afroamericanos. Son imágenes sensibles que podrían horrorizar a cualquiera. A mí me hacen hervir la sangre y me dan ganas de salir a matar a esos fanáticos.

—Estos videos se los enviaban los supremacistas a Dexter —me explica Andrew—, supongo que lo hacían a modo de amenaza. Pero creo que esto responde a tu pregunta, estos fanáticos son capaces de cualquier cosa.

MIENTRAS AINARA MIRA LA ENTREVISTA DE DEXTER, vibra el teléfono de Alain. Solo Kim se percata de la situación. Ve como el muchacho observa la pantalla de su móvil y se aparta, sale al pasillo para responder la llamada. Kim va tras de él, disimuladamente, y se queda de este lado de la puerta escuchando lo que puede de la conversación. No es mucho lo que alcanza a comprender, pero se da cuenta de que se trata de una discusión por dinero. Le están pidiendo más dinero del acordado para entregarle algo. El hijo de Dexter se queja de que es imposible hacer la transacción de esa manera, pero en ningún momento dice de qué producto están hablando. Kim supone que sea tal vez alguna antigüedad, que es a lo que dijo dedicarse Alain, pero es imposible confirmarlo.

Cuando advierte que se termina la comunicación, se aleja rápido de la puerta y se queda cerca de Ainara. En cuanto pueda, la pondrá al tanto de lo que acaba de escuchar.

7

EL BENEFICIO DE LA DUDA

Sótano de Andrew, *Brooklyn*
  Miércoles, 13 de octubre
  9:30 p. m.

—¿Alguien tiene un cigarrillo? —pregunta Alain mientras se mueve inquieto. Luego de las presentaciones, el muchacho se ha aislado en un rincón del sótano. Se sentó en el sofá y miró todo desde afuera. No lo culpo. No conoce a nadie aquí, mientras que nosotros nos conocemos muy bien. Además, siento que hay una barrera entre nosotros creada por él, como si, de abrirse, podríamos enterarnos de cosas que no quiere que sepamos.

—Lo siento, Alain —responde Andrew—. Aquí no se puede fumar. Tienes una tienda a menos de una cuadra por si quieres comprar y fumar afuera.

—Gracias, enseguida vuelvo —responde Alain y sale

rápido, como si se quitara un peso de encima o pudiera tomar la bocanada de aire que estaba necesitando. Apenas cruza la puerta, Kim se me aproxima.

—Hace un rato escuché a Alain hablar por teléfono —me cuenta preocupada—. Discutió con alguien por una transacción. Parecía que no se ponían de acuerdo con el dinero, pero no llegué a escuchar qué era lo que estaba comerciando. Solo escuché un par de palabras que me llamaron la atención porque no las pude poner en contexto.

—¿Qué palabras? —le pregunto intrigada. Me había dado cuenta de que Alain recibió una llamada, pero esperé alguna explicación por parte suya que nunca llegó.

—Leñador y perrera —me dice y me quedo pensando unos instantes. Se me hace difícil juntar esas dos palabras en una conversación coherente, menos aún en una que quieras esconder.

—No significan nada para mí —digo y luego los miro a Andrew y a Junior. Ellos niegan con la cabeza, tampoco saben nada.

—Vi cuando salió a hablar, pero preferí no decir nada —les explico para ponerlos al tanto de que el muchacho tiene la ropa sucia en el armario—. Su teléfono lo arrojé a un lago antes de venir para acá porque no quería que lo rastreen. Evidentemente, tenía otro guardado y lo escondió todo el camino.

—¿No confías en él? —me pregunta Junior, más como una afirmación encubierta que como una verdadera pregunta.

—Claro que no —respondo enseguida, todos saben

que soy desconfiada por naturaleza—. Pero es el hijo de Dexter y debo darle el beneficio de la duda. Tal vez podrías buscar una forma de mantenerlo rastreado para saber a dónde va —le digo a Andrew.

—Sí, claro —me contesta y veo en sus ojos como comienza a calcular posibilidades—. Veré cómo lo hago, pero por lo pronto revisaré sus llamadas para saber con quién habló. En este lugar tengo instalado un sistema de identificación de llamadas, cualquier teléfono que se use aquí dentro queda registrado. No necesitamos preguntarle su número, así que podemos seguir simulando que no vimos nada.

—¿Dónde pasarán la noche? —me pregunta Kim, sorprendiéndome con este tema. Ella está siempre atenta a las necesidades básicas de sus compañeros. Si esa tarea me tocara a mí, estarían todos muertos de hambre. No sé qué responderle, por supuesto, no había pensado en eso hasta ahora.

—Pueden quedarse aquí —se apura a decirme Andrew y creo que es la mejor opción. No me vendrá mal descansar una noche sin preocuparme por la seguridad. Andrew se hará cargo de todo, y no tengo dudas de que lo hará bien. En cuanto a Alain, prefiero no pensar más al respecto. Todo es dudoso con él, está claro que miente, pero esperaré a tener más información y ver qué pasa.

—Mañana iré a revisar la escena del crimen —dice Junior pasando a la organización de los pasos a seguir—. Espero que mi *alter ego*, el asistente del fiscal, me permita ingresar y ver si descubro algo.

—Bien, yo necesitaré un teléfono —digo mirándolo a

Andrew. Él sonríe. Se levanta de su silla frente al escritorio y camina hasta un armario a la izquierda. Abre la puerta y saca una caja de cartón. La trae hasta mí y me la muestra.

—Elige uno —me dice y observo el contenido de la caja. Tiene al menos diez móviles desechables aún en sus cajas. Tomo uno al azar. Luego, él busca, también dentro de la caja, y saca otro estuche de plástico.

—Necesitarás esto —me dice mostrándome un chip sin usar.

—Gracias —le contesto y le devuelvo el teléfono para que él lo ponga en funcionamiento, no me llevo muy bien con la tecnología. Me doy cuenta de que estaría pérdida sin ellos. Cada uno aporta algo específico que a mí me costaría mucho resolver por mi cuenta. Formamos un buen equipo. Suena uno de los ordenadores. Andrew se acerca a la pantalla para ver de qué se trata.

—Ya está —dice Andrew sonriendo—, este es el número de teléfono de Alain. Ahora tengo que ver quién lo llamó.

Entonces golpean la puerta y Andrew pone el protector de pantalla. Junior va a ver quién es. Mira por la mirilla y abre, es Alain.

—Esta noche dormiremos aquí —le digo a Alain sin admitir discusión. Tampoco esperaba que se oponga a esta propuesta, si llegamos hasta aquí, es porque el muchacho no tenía otra alternativa.

—Gracias —responde y se va a sentar al sofá, al fondo de la sala, en el que ha pasado la mayor parte del tiempo. Lo miro, casi resignada, evaluando qué hacer con él. Veo que hurga en las cosas de Andrew y agarra una Game Boy. Se pone a jugar como un niño. Me vuelvo hacia mis amigos y los veo con un gesto similar al mío, una mezcla extraña de desconfianza y pena. Es una situación incómoda, pero creo que todos coinciden en que, tal vez, se pueda encarrilar.

—Junior, necesito movilidad —le digo a mi amigo, que siempre se encarga de ese rubro en el equipo—. Una moto estaría bien.

—*Okey*, Ainara —me responde tomando nota mental—. Podría traerla alrededor del mediodía.

—Perfecto —respondo con un pulgar en alto.

—También debo conseguir un coche para mí —continúa Junior, que enfatiza la pérdida de su Cadillac—. No sé si les conté que la información de hoy me costó el…

—Sí, Junior —contestamos todos al unísono—, te costó el coche.

8

VIENEN A LIMPIAR

HOTEL en los suburbios de Nueva York
  Jueves, 14 de octubre
  04:30 p. m.

JUNIOR LLEGA al lugar y baja del coche compacto que consiguió para reemplazar al Cadillac. A eso se debió su demora. Le gustaría haber ido más temprano, pero tuvo primero que llevarle la moto a Ainara y luego volver a la agencia de coches usados para conseguir uno nuevo. El dueño de la agencia es amigo suyo y siempre ha recurrido a él para conseguir vehículos. Luego de utilizarlos para un fin específico, los devuelve pagando una comisión. En ese momento, solo había disponible un coche compacto y, por más que Junior insistió en buscar otra alternativa, debió conformarse con eso, un vehículo muy distinto de su querido Cadillac.

Echa un vistazo general al lugar antes de acercarse.

Es un típico hotel de los suburbios. Dos pisos, *parking* y recepción a la entrada. La habitación donde se encontró el cuerpo está en el segundo piso. Se ve desde abajo la faja de seguridad que dejó la Policía, pero ya no hay ninguna custodia. Queda claro que el caso está cerrado y no hay evidencia que proteger. Junior se alegra de haber llegado antes de que la gente del hotel limpie la habitación, ya que esa faja no durará mucho tiempo.

Junior camina hasta la recepción, ingresa y hace su presentación como si fuera un actor que entra en escena.

—Soy Michael Petroccelli, asistente del fiscal de distrito —le dice al encargado mientras estudia su reacción—. Necesito algunos datos adicionales sobre la muerte de hace unos días.

—Ya le dijimos todo a la Policía —contesta el encargado. Es un muchacho de no más de treinta años, con lentes pequeños y cabello teñido de verde—. El dueño del hotel quiere saber cuándo podemos volver a utilizar la habitación.

—Si obtengo lo que necesito —le responde Junior, aprovechando la oportunidad, que en este caso es la necesidad lógica del hotel de recuperar sus instalaciones —, la pueden limpiar hoy mismo.

—Excelente —dice el muchacho, a quien se le ve más predispuesto a colaborar.

—Primero, me gustaría saber cuándo Dexter O'Sullivan reservó la habitación.

El encargado revisa el ordenador y menea la cabeza.

—No —contesta—. No hubo nadie registrado con el nombre de O'Sullivan.

Junior se sorprende ante esa respuesta, no la esperaba. ¿Por qué Dexter no usaría su propio nombre? ¿Qué motivo podía tener para ocultarse? En definitiva, si planeaba suicidarse, qué podía importar la forma en que se registre. Es más, hay algo que a Junior le resultó extraño desde el principio, ¿por qué utilizaría un hotel para suicidarse? Nada en este relato del suicidio tiene sentido.

—¿Quién rentó esa habitación entonces? —pregunta Junior y el encargado vuelve a buscar en los archivos del ordenador.

—Phillip Collins —dice—. Phillip Collins reservó la habitación a las cinco de la tarde del mismo día en que se suicidó.

—¿Perdón? —pregunta Junior para asegurarse de que no fuera una broma—. ¿Phillip Collins?

—Sí —responde el encargado como si su interlocutor fuera medio lento, y repite—, Phillip Collins.

—Como Phil Collins…

—¡Ups! —exclama el encargado al darse cuenta de que les han tomado el pelo y que los lentos han sido ellos.

Cuando Junior dice ese nombre, piensa en Andrew, parece que quien alquiló la habitación también era un bromista que usaba nombres de los ochenta.

—Y cuando Phil Collins tomó la habitación —dice Junior con un tono sarcástico—, ¿no presentó un documento?

—No fue necesario —responde el muchacho, que acepta la burla sin decir nada, sabe que se la merece—. El hombre pagó en efectivo por adelantado, así que no tuvo que presentar ningún documento.

Junior sabe que debería haber presentado el documento de todos modos, pero muchas veces este tipo de establecimientos hacen la vista gorda por distintos motivos. Muchas personas con aventuras extramatrimoniales prefieren no dejar asentados sus datos, por lo que buscan hoteles con flexibilidad en las normas. Junior mira alrededor, buscando alguna pista que seguir, y ve que hay una cámara de seguridad.

—Me gustaría ver las grabaciones de ese día —dice Junior señalando la cámara.

—No quedó nada —responde el encargado, protestando—. La Policía se llevó el disco externo en el que se almacenan las filmaciones. Eso vale dinero. ¿Cuándo lo devolverán?

Junior se queda pensando. En el juzgado no había ni filmaciones, ni nada del nombre falso. La teoría del encubrimiento cobra cada vez más fuerza. Junior cree que tal vez Freddy encuentre algo en las oficinas del FBI. En algún lugar tiene que estar ese disco duro.

—Hablaré para que te lo devuelvan pronto —miente Junior para seguir sumando puntos—. Gracias por tu colaboración —dice mientras se da vuelta para salir y le anuncia con toda naturalidad—. Ahora revisaré la habitación y luego podrán disponer de ella.

El encargado le muestra un pulgar arriba y sigue con lo suyo, está satisfecho porque le podrá dar la noticia a su jefe de que ya pueden usar el cuarto. Junior sale mientras tanto de la recepción y se dirige a la escalera. Sube, y al llegar a la habitación se coloca unos guantes de látex. Duda que alguien vuelva a tomar huellas, pero no está de más tomar precauciones. Retira la faja de seguridad. Ingresa al lugar y camina mirando dónde pisa. El suelo está lleno de vidrios. Hay un velador roto, un cuadro estrellado a un lado y una mesa volteada. También está la silla tirada en el suelo, debajo de la viga que todavía tiene la cuerda atada. Los policías deben haber cortado la soga para bajar el cuerpo, pero no la desataron. ¿Cómo pudo Dexter atar una soga a esa altura sin ayuda, si los policías no pudieron desatarla?

Junior sale de la habitación para mirar nuevamente el pasillo que une todos los cuartos. Ve en un rincón, al final del corredor, una escalera apoyada contra la pared. Si la escalera hubiera estado dentro de la habitación, no debería estar ahora allí afuera. Se imagina la situación y no le cuadra. Dexter debería haber buscado esa escalera en algún lado, probablemente en el piso inferior, ya que no tiene nada que hacer aquí arriba. La tendría que haber metido en su cuarto. Atando una cuerda a la viga, que tendría que haber conseguido previamente. Luego tendría que haber sacado la escalera de la habitación para dejarla donde está ahora y, recién entonces, debió volver a la habitación para suicidarse. Junior considera que esto es cada vez más absurdo.

Vuelve a ingresar al cuarto y se acuclilla. Observa la sangre que está regada por toda la alfombra y trata de imaginar lo sucedido. También hay manchas de sangre en una de las paredes. Parece que hubo algo más grave que un simple corte accidental, aquí hubo una riña. Ve que uno de los cristales más grandes que conformaban el cuadro estaba especialmente bañado en sangre, como si

54

se hubiera usado a modo de puñal. En el informe del juzgado no había ninguna mención a una herida punzante, por lo que es probable que haya sido lesionada otra persona. Dexter peleó con alguien y, evidentemente, perdió. Lo del suicidio fue solo una tapadera. Si Dexter estaba ya muerto o inconsciente cuando lo subieron a la soga que lo ahorcó, se debe haber necesitado al menos dos personas para hacerlo.

Recorre una vez más el lugar y no encuentra nada más que le llame la atención. Entonces enciende su móvil y le saca fotos a cada sector del cuarto. Puede ser que cuando le muestre las imágenes a Ainara, ella descubra algo que a él se le haya pasado.

Cuando está por salir, ve que se estaciona un coche negro y bajan dos hombres de traje también negro. Se queda oculto dentro del cuarto y observa los movimientos por la ventana. Ambos son altos y fornidos, uno rubio y el otro moreno. Tienen todo el aspecto de trabajar para alguna agencia especial del Gobierno. Los hombres llevan una bolsa con lo que parece ser algún tipo de máquina y caminan hacia la recepción. Junior recuerda lo que le dijo el testigo sobre los hombres de negro, los que le pagaron para que contara su historia. Mira hacia atrás el desorden de la habitación y comprende lo que sucede, «vienen a limpiar». Debieron haber esperado a que la custodia policial se fuera. Junior aguarda a que entren en la recepción y se apresura a salir. Baja las escaleras casi corriendo y rodea el edificio para no pasar frente a donde se encuentran los visitantes. Apenas entra al coche, ve que los dos hombres salen corriendo de la recepción con las armas en alto; él se agacha. El encargado les debe haber dicho que Junior estaba ahí. Suben las escaleras y entran apuntando. Aprovecha ese instante para encender el coche y huir, todavía cabizbajo. No sabe si llegaron a ver el coche, pero por las dudas, deberá volverlo a cambiar.

9

LEÑADOR

ALGÚN LUGAR de Brooklyn
Jueves, 14 de octubre
05:30 p. m.

KIM SE ENCUENTRA en una biblioteca pública de Brooklyn. Es un buen lugar para encontrar la información que está buscando, el silencio la ayuda a concentrarse y no hay nadie que la vaya a interrumpir. Esta mañana pasó por el restaurante familiar porque debía llevar unos documentos relacionados con impuestos, pero le avisó a su hermano que no lo vería por el resto de la semana. Su hermano no hizo preguntas, sabe que Kim anda en asuntos de los que no puede hablar y respeta su decisión.

Hace más de dos horas que investiga en el ordenador, rastreando información sobre la venta de armas y Dexter. Revisa periódicos, noticias en línea y documentos que

tratan sobre ese tema. Se topa con distintos datos policia-
cos, artículos de periódicos amarillistas y rumores, pero
nada que esté relacionado con el caso. Por supuesto,
aparece Dexter hablando en contra de la venta de armas
a los civiles. Leyó distintas notas al respecto, pero no
encontró nada que le aporte luz sobre su investigación.
Sin embargo, en determinado momento aparece el
nombre O'Sullivan relacionado con algo distinto. Solo
que no se trata de Dexter, sino de Leonore, su madre,
que bastante antes de su muerte, mientras era secretaria
de defensa, fue acusada de vender armas de manera
ilegal a Serbia. Kim piensa que tal vez su hijo pudo
haber continuado con este tipo de negociados, pero le
parece imposible. Si bien no lo conocía demasiado, sabía
que Dexter podía ser muchas cosas, pero no era un hipó-
crita. Si por un lado hablaba de los peligros de la venta
de armas a los civiles, no estaría por el otro vendiendo o
comprando armas a extranjeros. Sin embargo, tampoco
podía descartar esa teoría, porque él hablaba de no
vender armas a civiles, pero hay otros grupos a quienes
venderles. Kim llega a pensar que a esto se refería Dexter
en la entrevista sobre tener información sobre la venta de
armas por parte del Gobierno, pero sería extraño que
sacara ahora a la luz algo que pasó con su madre hace
tantos años. Es por eso por lo que Kim decide seguir
investigando en busca de algo más contundente, tal vez
descubra de lo que Dexter estaba hablando.

Se toma unos minutos y se levanta para ir a buscar
un café. Escanea el QR de la máquina expendedora y
obtiene su bebida. Lo prueba y no está tan mal, aunque
le vendría bien un poco más de azúcar. Por un momento

piensa en cómo cambió su vida en los últimos tiempos. Hace cinco años estaba completamente abocada a su restaurante junto con su hermano. Luego de haber sido atacados por la mafia china, la misma que había atacado a su padre años antes, tuvieron que reconstruir por completo el establecimiento, que había quedado totalmente destruido. Ella quedó mal herida y casi matan a su hermano, pero ambos se recuperaron. A pesar de que su físico sanó, algo en su interior se rompió. Mientras estaban en plena obra de reconstrucción del restaurante, tomó la decisión de hacer algo por la comunidad para liberarla del crimen organizado. Incursionó en la política. Fue erigida por sus vecinos del barrio chino como representante, y comenzó su campaña para concejal. Sin embargo, pronto descubrió que la corrupción era tan grande que le harían imposible realizar aquella actividad. Fue allí que comenzó a entender cómo funciona la política y probablemente el mundo. Si uno no entra en el juego, con las normas que ellos imponen, no se llega a ningún lado. Justo en aquella época, Ainara armó el grupo. Comprendió entonces que, tal vez, la única forma de superar su desilusión sería tomando una acción directa. Se sumó entonces al equipo de Ainara. Desde ese momento, Kim divide su tiempo entre el restaurante y la investigación.

Luego de tomar el café, vuelve al ordenador y continúa con el trabajo. Busca guerrillas, focos revolucionarios en el mundo y circuitos ilegales de venta de armas que puedan involucrar a Estados Unidos. Allí encuentra de todo. Grupos étnicos africanos, árabes, de Europa Oriental, albanos, croatas y pakistaníes. Demasiados grupos, pero nada concreto. En algunos casos se los relaciona con operadores independientes, pero en otros se apunta al Pentágono o a la CIA; todos rumores, nada comprobado. Kim cree que se está enredando en caminos que no la llevan a ningún lado y no importa lo que Dexter hubiera dicho de este tema en su última entrevista, no hay ningún dato preciso a qué aferrarse que corrobore sus dichos. Es por eso por lo que decide cambiar el foco y continuar con el otro encargo de Ainara.

Revisa libros de símbolos, buscando el tatuaje dibujado por Ainara. Tiene consigo el papel con el dibujo que le dio su amiga, pero no encuentra nada. Entonces se le ocurre una idea muy simple. Le toma una foto con el móvil al dibujo y lo busca en la red con el buscador de imágenes similares. ¡Bingo! De inmediato le aparecen distintas versiones del mismo diseño. Resulta ser un símbolo albano que significa «leñador». De repente, las luces de alarma se encienden en la mente de Kim. Recuerda que escuchó a Alain nombrando la palabra «leñador» cuando hablaba por teléfono. Por otro lado, los motociclistas que intentaron matarlo tenían el símbolo de leñador tatuado; posiblemente fueran albanos. Además, le viene el recuerdo de los artículos que leyó sobre venta ilegal de armas donde se menciona a los albanos. ¿Habrá alguna relación entre estas cosas? Vuelve a pensar en la charla que escuchó de Alain, era una negociación, tal vez sobre armas... ¿Hablaba con los albanos o se quejaba con alguien más sobre ellos? Kim se detiene, se da cuenta de que está especulando sin pruebas, como mucho, eran evidencias circunstanciales. Debe hablar con Ainara para saber qué opina. Sin embargo, Ainara pidió que no la llamen, así que deberá esperar. Cree que su trabajo ha concluido. Revisa el buscador del ordenador que acaba de utilizar y borra el historial de navegación. No está de más tomar precauciones. Sale de la biblioteca y decide entonces dirigirse a la base de operaciones. En el sótano de Andrew podrá intercambiar notas con los demás.

LLEGARÉ HASTA EL FINAL

OFICINAS DEL FBI, Nueva York
Jueves, 14 de octubre
5:30 p. m.

FREDDY HA ESTADO todo el día nervioso. Luego de las palabras de Ainara del día anterior, dudó mucho sobre los pasos que debía seguir. Él confía en sus compañeros y su jefe, pero confía más en Ainara. Por eso es que, a pesar de sentirse incómodo con la situación, decidió investigar un poco sobre el caso de Dexter. Lo había prometido, y así lo haría.

Las horas pasaron lentamente y recién muy de tarde puede acceder a la sala de archivos sin despertar sospechas. Esto se debe a que, por otro caso en el que está trabajando, una explosión en una gasolinera, debe ir a los archivos a revisar algunos datos de casos viejos sin resolver que podrían estar relacionados. Es que lo mismo que pasó con la investigación de Junior también sucedió con él. Desde su ordenador no logró acceder al caso de Dexter. Por algún extraño motivo, los datos no fueron cargados en el sistema todavía. Esto despertó las sospechas de Freddy, que debió esperar a que llegue el momento oportuno para dirigirse a la sala de archivos, el sitio donde se encuentran los informes en papel y las fotografías.

Una vez ahí, primero busca lo que necesita del otro caso. No encuentra demasiado, pero toma algunos documentos para tenerlos como coartada. Luego se dirige al sector donde debería estar lo que necesita. Efectivamente, encuentra la carpeta de Dexter. Lo primero que ve es la conclusión oficial de la autopsia. Allí se asegura que el deceso de Dexter se debió a una lesión en el cuello consistente con muerte por estrangulación. Además se aclara que tenía el cuello roto y señales de hipoxia. Hasta aquí, el informe concuerda con la versión oficial, nada de qué sospechar. Sin embargo, un dato le llama la atención, es un apartado del informe forense. En este se advierte que no está claro qué sucedió primero, si la asfixia o la dislocación de las vértebras cervicales. Según la experiencia de Freddy, en los casos de suicidio por ahorcamiento lo primero que pasa, y que generalmente define la muerte, es la rotura del cuello. Por eso es que ese apartado del informe le ha resultado llamativo. A medida que avanza en el expediente, ve que hay evidencias que el fiscal eliminó por considerarlas contaminadas por la manipulación policial. Este tipo de manipulación es algo común y los fiscales lo dejan pasar a no ser que algún abogado haga un reclamo. Freddy se da cuenta de que esto se pone peor. La primera evidencia desechada son fibras encontradas en el cuello de Dexter. Lo peculiar de estas fibras es que son distintas a la cuerda que lo ahorcó. El fiscal supuso que llegaron ahí cuando los policías bajaron el cuerpo de donde se encontraba colgado, y por eso lo descartó. Freddy piensa que es una actitud rara por parte de la Fiscalía, ya que en cualquier otro momento esto hubiera sido un elemento suficiente para calificar al caso como muerte dudosa y encargar más pericias. Sin embargo, una suposición del fiscal fue suficiente para anular esta prueba.

Otra cosa que también podría poner en duda la versión del suicidio es una mancha de sangre en la alfombra del hotel. Nuevamente, el fiscal decidió que esa sangre pertenecía a un corte que presentaba Dexter en la mano y no ordenó que se analizara el ADN para comprobar que realmente se tratara de la sangre del occiso.

Freddy comienza a enfadarse. Esperaba encontrar otra cosa en el expediente. Le hubiera gustado ver un informe sin ninguna ambigüedad ni cuestiones dudosas, pero no es así. El problema, lo que lo pone mal a Tanaka, es que todas estas anomalías realizadas por el fiscal solo pudieron pasar desapercibidas si se contaba con la complicidad del FBI. Freddy quería volver a hablar con Ainara y contarle que todo estaba en regla, pero no podrá hacerlo. Ainara, otra vez, tenía razón en dudar de algo que podría haberse dado por sentado. Hizo bien en hacerle caso.

Freddy continúa indagando y lee que encontraron vidrios de un velador roto en el piso. Pasa las páginas buscando fotos, pero no hay nada. ¿Cómo es posible que no hayan tomado fotos? Todo en el expediente es irregular. Busca entonces la dirección real de Dexter, que no era el hotel donde lo encontraron. La encuentra, es un piso en Queens.

—¿Qué haces, Tanaka?

Freddy se sobresalta y levanta la vista. Lo encuentra a Philip Nash, observándolo, y se esfuerza por parecer natural.

—Hola, jefe —responde, sonriendo, mientras piensa en cómo justificarse—. Vine a buscar información sobre el caso de la gasolinera, pero como anoche vi en la televisión lo del suicidio de Dexter O'Sullivan, quería saber lo que había en el expediente. Sé que este hombre era amigo de Ainara Pons y pensé que podría haber algo que nos conduzca a encontrarla.

Nash se acerca a Freddy y, muy despacio, le quita la carpeta de las manos, la cierra y la vuelve a guardar en el fichero.

—Ainara Pons es historia antigua —dice Nash con seriedad—. Esa mujer traicionó a su gente y, pese a haberla defendido más de una vez, cruzó una línea de la que no se puede volver. No revuelvas el pasado.

—Entiendo, jefe —se excusa Freddy, sintiendo que la sugerencia de Nash lleva algo de amenaza consigo—, pero ahora que lo veo, hay algunas cosas raras en este caso.

—Tanaka —Nash ya comienza a irritarse con la actitud de Freddy—. El caso está cerrado. No busques tres pies al gato y ocúpate de tu trabajo.

—Sí, pero los vidrios rotos en el piso y la mancha de

sangre en la alfombra —insiste Freddy, empujando la situación al límite—. Es raro que no se haya pedido una muestra de ADN.

—Tanaka —dice Nash, poniéndose aún más serio—. Yo mismo investigué la escena, precisamente lo hice por su relación con la exagente Pons. El tipo era un borracho violento que solía romper objetos cuando tomaba demasiado. Tenía la mano cortada en el sector de los nudillos, quizás le pegó un puñetazo al velador en uno de sus arranques de ira. El testigo confirmó haber escuchado ruidos en la habitación momentos antes de encontrar el cadáver. También dijo que nadie más estuvo en la escena, por lo que no hay razón para dudar de nada.

—Pero no hay ningún informe de toxicología que indique que estuviera ebrio.

Con esto sabe Freddy que se está excediendo, ya que contradice las afirmaciones de su jefe, casi que le está diciendo mentiroso.

—Basta, Tanaka —dice Nash, acercándose a Freddy de manera casi amenazante—. No busques fantasmas donde no los hay.

—Lo siento, jefe —dice el joven agente al comprender que estaba pisando un terreno inestable y debía salir de allí lo antes posible—. Aquí no ha pasado nada.

Freddy sale de la sala de archivos sin darle oportunidad a su jefe a decir otra cosa. Vuelve a su escritorio, pensando en cómo seguir. Pretende hacer tiempo para evitar sospechas, pero luego saldrá de la oficina e irá directamente a la casa de Dexter a ver si encuentra algo. La actitud de Nash le revela a Freddy que hay cosas o circunstancias que están ocultando. Sin embargo, tuvo la lucidez para responderle a su jefe de una forma que implicaba complicidad. Al decir «aquí no ha pasado nada», le dijo que no importaba lo que hubiera sucedido, que si el jefe así lo pedía, él cerraría sus ojos. Ya pasó el tiempo en el que fuera un novato. Con más de cinco años en esa oficina, había aprendido que, a veces, era necesario mirar para otro lado. Era la mejor manera de evitar inconvenientes y no tener trabas en su carrera. Si el jefe dice que es un suicidio, él no lo va a discutir, pero sabe que algo anda mal y pretende averiguar de qué se trata.

—Se lo debo a Ainara —dice en voz baja mientras mira en su teléfono una foto de Ainara y él cuando apenas entró al FBI. Si ella le pedía algo, fuera lo que fuera, él estaría allí para responderle—, pase lo que pase, llegaré hasta el final.

11

EL PUÑO

Oficinas del FBI, Nueva York
Jueves, 14 de octubre
6:30 p. m.

FREDDY ESTÁ SENTADO FRENTE a su escritorio, revisando imágenes de su último caso en el ordenador. En realidad, está haciendo tiempo, esperando que termine su turno. Luego de su tensa conversación con Philip Nash, precisa hacer buena letra. Debe despejar cualquier duda que pueda haber sobre su lealtad, tanto para con el FBI como para con su jefe. Por eso es que sigue con su trabajo normal y no hace nada relacionado con Dexter O'Sullivan. Su jefe dejó las cosas bien claras, no debía meterse con ese tema. Eso es lo que haría entonces, al menos en horario de oficina. Durante mucho tiempo pudo realizar en simultáneo sus actividades en el FBI y participar en las investigaciones de Ainara sin despertar sospechas. No había ninguna razón para no seguir haciéndolo ahora. Solo tenía que tomar más precauciones, porque en esta oportunidad las dos actividades parecían cruzarse. Si bien esta situación al principio le generó conflicto de intereses, a esas alturas ya lo había reflexionado lo suficiente: su lealtad era para con Ainara y no tenía dudas al respecto.

Cuando al fin sale de la oficina en un día que le pareció interminable, se dirige al *parking* del edificio y sube a su coche. No irá a su casa ni al centro de operaciones de Andrew. Afortunadamente, alcanzó a ver la dirección de Dexter antes de que su jefe le quitara el expediente y tomó nota de ella. Es gracias a eso que hacia allí se dirige. Quiere ver si encuentra algo que pueda aclarar los reales motivos de su muerte. Al haber sido declarado el caso como suicidio, es probable que la policía no haya realizado una investigación a fondo en su domicilio. Se aprovechará de eso.

Arranca el coche y sale del *parking* de la misma forma en que lo hace todos los días. Tanaka no lo advierte, pero una moto, que había estado esperando fuera del edificio, comienza a seguirlo.

Sótano de Andrew, Brooklyn

Andrew continúa trabajando en sus ordenadores. Busca en las redes de Dexter alguna pista sobre quién pudo asesinarlo. Hacía años que no tenía contacto con Dexter, pero tenía un buen recuerdo de él. Era un hombre de acción con quien compartió uno de los momentos más difíciles del país. Tiempos en los que Dexter fue condecorado por el presidente y él consiguió ser exonerado de los cargos que tenía por *hacker*. Para ese entonces, cuando fue reclutado por Ainara, Andrew estaba en serios problemas legales, pero gracias a su participación en aquellos sucesos fue liberado de todos los cargos. Por eso hoy, cuando piensa en Alain, recuerda los acontecimientos que lo unieron a su padre y lo mira con cierta compasión. Lo observa de reojo, está a unos metros, en el sofá. Es el único que se encuentra allí con él. Los demás están haciendo las investigaciones que coordinaron con Ainara. Solo ella salió sin decir a dónde iba. Pidió que no la llamen, dijo que ella se comunicaría, pero no dio explicaciones.

Acaban de comer unas hamburguesas que pidió Andrew por *delivery*, y que estuvieron muy buenas. En los últimos tiempos, Andrew ha ido subiendo de peso. Si bien siempre ha tenido una vida sedentaria, nunca lo había afectado hasta ahora. Puede ser la edad o su afición por la comida, no lo sabe, pero su peso sigue aumentando y tal vez debe comenzar a ocuparse del tema.

Ainara le encargó que vigilara a su huésped y Andrew, viendo que anoche estuvo largo rato jugando con la Game Boy, hoy se lo volvió a dar, eso lo mantiene ocupado. La obsesión del muchacho por ese aparato, puede que les resulte útil de ser necesario.

Una de las discusiones que encuentra Andrew mientras navega en internet es la de un *hater* apodado el Puño, que agredió a Dexter varias veces. Lo investiga y ve que este odiador tiene muchísima actividad en las redes, alentando el levantamiento armado por parte de los supremacistas. Andrew piensa en la situación actual de la nación y cree que todo este tema de Dexter puede estar relacionado. La actividad de Andrew se basa en relacionar datos, descubrir patrones y encontrar sistemas ocultos. Así Andrew ve lo que está pasando, y no puede evitar pensar que la muerte de Dexter no es casual, que es parte o consecuencia de algo que está sucediendo tras bambalinas. El nexo entre todos los acontecimientos son las armas, habrá que ver si se encuentran puntos de contacto entre cada tema, o son solo cuestiones sin ninguna conexión.

Vuelve a concentrarse en el *hater* y halla en alguno de sus dichos datos que le dan consistencia a su teoría. Ese hombre llegó a decir que si la ley de armas no salía, había otras formas de conseguirlas. Lo cual lo relaciona con la venta ilegal de armas a grupos paramilitares, algo de lo que habló Dexter en su última entrevista. Por esto comienza a rastrearlo. Obtiene su verdadero nombre, Robert Graham, y su número de seguro social. A partir de ahí, ubicarlo se hace sencillo y obtiene su dirección. Más allá de que los medios hablan de suicidio, si la suposición de Ainara se confirma y se trata de un asesinato, este *hater* sería el primer sospechoso con nombre y apellido, por lo que es imprescindible investigarlo. Por supuesto, su vivienda queda en una zona donde la violencia ha tomado las calles. Es el foco más fuerte de insurgencia en el estado de Nueva York y, mientras los políticos discuten si debe intervenir o no el Ejército, la policía permanece con las manos atadas por órdenes de vaya a saber quién.

Vuelve a mirar a Alain y analiza la situación. Le gustaría consultar con Ainara los pasos a seguir, pero ella pidió que no la contactaran. Tal vez deba ir él mismo a hablar con el Puño, pero qué hacer con Alain. Se repite a sí mismo que Ainara le pidió que lo tenga vigilado, así que lo que vaya a hacer, deberá hacerlo con él. Toma papel y lápiz. Escribe una nota y la deja sobre su escritorio.

—Alain —lo llama—, nos vamos. Lleva la Game Boy si quieres, puede ser un viaje aburrido.

Alain obedece de buena gana, está cansado de quedarse encerrado, ha permanecido allí todo el día y le viene bien salir a dar una vuelta. Coge la Game Boy y se la guarda en el bolsillo. Al salir del sótano, caminan en dirección al metro. No se dan cuenta de que hay un motociclista apostado en la esquina. El hombre baja de la moto al verlos y los sigue caminando. Tiene el símbolo del leñador tatuado en el cuello.

12

BANDERA ROJA CON UN SÍMBOLO NEGRO

CASA DE DEXTER, Nueva York
  Jueves, 14 de octubre
  7:00 p. m.

FREDDY LLEGA a la casa de Dexter. Estaciona justo en la puerta del edificio y, luego de echar un vistazo alrededor, baja del coche. Se ha levantado algo de viento y siente frío, así que se abotona la chaqueta. Conoce la zona, hace unos años estuvo a punto de rentar un piso cerca de allí. Es una de las tantas construcciones viejas que se mantienen en buen estado, es de principios del siglo XX. Tiene tres pisos y es igual a casi todas las del barrio. En los noventa, este tipo de construcciones estuvieron de moda, muchas de ellas las transformaron en *lofts*. Ahora que la moda pasó, los precios de las propiedades bajaron y se transformó en una zona económica de Queens. Mira de nuevo hacia los lados y no ve nada raro. Como esperaba, no hay policías custodiando el lugar: no tendría sentido destinar recursos a la custodia de la casa de un suicida. Una moto pasa junto a él, andando despacio, pero sigue de largo sin detenerse. Freddy camina hasta la puerta, se pone guantes de látex y aprieta todos los timbres del portero eléctrico. Varias voces se escuchan preguntando quién es, pero alguien no lo hace y activa la apertura de la puerta sin preguntar. Freddy sonríe y entra sin problemas. Llega al segundo piso, utiliza la escalera por precaución y camina hasta el piso de Dexter. Observa que alguien ya retiró el precinto y forzó la entrada. Vuelve a abrir su chaqueta, saca el arma que lleva en la cartuchera abrochada a su cinturón y empuja unos centímetros la puerta, la luz está apagada. No sabe si quien haya entrado antes sigue estando dentro o no, por lo que debe ser precavido. Mira hacia la penumbra por ese estrecho espacio y no alcanza a ver nada raro. Vuelve a empujar la puerta y, esta vez, se abre lentamente de par en par. Echa una última mirada desde afuera. El único movimiento que advierte es el de las cortinas de la ventana, agitadas por el viento. Luego ingresa dejando la puerta abierta. Enciende la linterna de su móvil y comienza a recorrer la vivienda, tratando de no hacer ruido, siempre con la pistola delante. Llega hasta la ventana y la cierra. Ve que en un ángulo tiene el vidrio roto. Tal vez alguien la rompió para abrirla y entrar, ya serían dos ingresos forzados distintos.

Mientras tanto, la moto, que pasó anteriormente junto a Freddy, dio la vuelta a la manzana y vuelve hasta detenerse al lado de su coche. El motociclista baja de su vehículo. A pesar de que el casco no deja ver su rostro, se advierte de inmediato que es una mujer. Cuando se lo quita, aparece Ainara. Ella estaba preocupada por la actitud de Tanaka y decidió esperarlo afuera del FBI para abordarlo y hablar a solas. Sin embargo, cambió de opinión a último momento y decidió seguirlo para ver qué hacía, su intuición fue acertada.

———

CUANDO KIM LLEGÓ al centro de operaciones, no sabía que por un par de minutos no se cruzó con Andrew y Alain, que acababan de salir. Golpeó la puerta con la clave de siempre, pero nadie respondió. Entonces extrajo unas llaves de su bolsillo. Todos los miembros del grupo tienen llaves del lugar, pero solo las pueden utilizar en caso de emergencia o si Andrew se los pide. Kim, pensando en la información que traía y la premura con la que necesitaba comunicarla, consideró que se trataba de una emergencia, así que utilizó las llaves y entró. Una vez en el sótano, volvió a echar el cerrojo a la puerta, caminó hasta el centro de la sala y se detuvo a pensar. ¿Y ahora qué?, se preguntó. Sin nadie con quien discutirlo, Kim no sabía cómo continuar. Así que se dirigió al sofá, se sentó y comenzó a mirar su móvil. Fueron apenas unos minutos, pero a ella le parecieron una eternidad. Por fin se levantó y se acercó al escritorio. Recién entonces vio la nota que dejó Andrew.

«Salí con Alain tras la pista de un *hater* relacionado con grupos supremacistas. Les dejo aquí el número de teléfono que llamó al chico y la dirección donde se vendió el chip hace dos días, es lo único que conseguí. Andrew».

Kim lo pensó unos segundos. Allí no había mucho para hacer. Por otro lado, el dato que dejó Andrew era muy vago, cualquiera puede comprar un chip en cualquier sitio, sin que la persona y el lugar estén relacionados. Esta pista quizás no conduciría a nada, pero, en todo caso, alguien debía ir y ver de qué se trataba para descartarla. El lugar se ubicaba a cinco minutos de allí. Aparentemente, ella era la única libre, así que decidió tomar la posta y copió los datos para seguir ese posible pero débil rastro.

Tal como lo había calculado, Kim llega en su coche a la dirección que dejó Andrew en cinco minutos. Pese a no estar lejos del centro de operaciones, este barrio es muy distinto y, al ser de noche, no se siente muy segura. Duda un instante antes de bajar del vehículo. La dirección corresponde a una tienda de aparatos electrónicos. No sabe si vale la pena seguir adelante, piensa que tal vez se equivocó en ir hasta allí sola, pero no hay mucho que pueda hacer y, en última instancia, lo más probable es que no encuentre nada.

—Ya estoy aquí —se dice a sí misma y baja al fin del coche. Respira profundo y camina hasta la tienda mientras piensa en lo que hará una vez dentro.

Al ingresar es atendida por un hombre de cabellos negros y piel muy blanca. Podría ser el protagonista de una película de vampiros.

—¿En que la puedo ayudar? —pregunta el hombre con amabilidad. Tiene un acento que ella no reconoce, podría ser árabe o de Europa oriental, no lo sabe.

—Estoy buscando un teléfono barato con línea —responde ella mientras observa el lugar. No hay nada sospechoso ni diferente a cualquier sitio de venta de aparatos electrónicos. Sin embargo, puede ver en la pared una bandera roja con un símbolo negro en el centro, es una especie de águila de dos cabezas. Le parece familiar y trata de hacer memoria. Tarda apenas unos segundos en recordar dónde la vio. Encontró ese estandarte cuando buscaba el diseño que le pidió Ainara. Es la bandera de Albania. Mientras el vendedor le muestra un móvil y le dice su precio, ella comprende que debe salir rápido de allí y comunicar lo que encontró. Es la primera vez en su vida que se cruza con un albano, no puede ser tanta casualidad. Si necesitaba algo para cerciorarse de que su suposición había sido correcta, lo acaba de conseguir. Alain recibió una llamada de los albanos, que utilizaron un chip de su propia tienda, y discutió con ellos el precio de una transacción, probablemente de armas, como lo aseguraba Dexter en la entrevista. Deben ser los mismos hombres que los persiguieron cerca de la cabaña.

—Gracias —le dice al vendedor mientras coge el móvil y simula estudiarlo, cuando en realidad intenta ver si el hombre tiene en el cuello también el tatuaje. El vendedor lleva un suéter de cuello alto, por lo que no logra ver nada. Trata entonces de encontrar una excusa para irse, pero no se le ocurre qué decir. Por eso no da explicaciones—. Tal vez vuelva mañana —acaba diciendo y devuelve el móvil, apoyándolo en el mostrador.

No le da tiempo al vendedor a que le responda y sale

del local. Se apura en ingresar al coche y arranca. No sabe qué tan ligado está ese hombre a los que intentaron matar a Alain y Ainara, pero quiere perderse de su vista cuanto antes. Conduce unas calles sin parar. Cuando siente que se ha alejado lo suficiente, detiene el coche y toma su teléfono, la llama a Ainara.

13

¡AINARA!

Casa de Dexter, Nueva York
  Jueves, 14 de octubre
  07:02 p. m.

LA PUERTA del edificio está cerrada. Pero veo que una mujer viene por el pasillo para salir y simulo buscar la llave en mi llavero. Me apresuro a sostenerle la puerta cuando está saliendo y le sonrío. La mujer me saluda, le respondo y paso sin problemas.

Subo hasta el piso de Dexter. Vine aquí solo una vez cuando mi amigo apenas se había mudado. Al comenzar su trabajo en la CIA, dejó la casa en los suburbios para venir a vivir aquí, más cerca de las oficinas de la agencia y de la acción. A pesar de que esta haya pasado a ser su residencia, me dijo que no lo sentía su hogar y que seguía conservando la vieja casa, le serviría como un sitio seguro en caso de que necesitara escapar. Lamentablemente, no llegó a escapar.

La puerta del piso está abierta y me asomo. Puedo ver la luz de una linterna entrando en la cocina. Es mi oportunidad. Me meto en la sala y me oculto tras el sofá. Me cuestiono por qué hago esto, por qué actúo de esta manera. No sé qué estoy buscando, sería más fácil decirle a Freddy que estoy aquí y listo. Pero la vida me ha convertido en una persona muy precavida y me siento más segura extremando los cuidados, es la forma en que he logrado sobrevivir. Lo veo volver a la sala y revisar los cajones. Me muevo a gatas tras el sofá para verlo mejor y me clavo algo en la mano. Apenas logro contener una exclamación de dolor, pero Freddy parece haber escuchado mis movimientos. La luz que entra por la ventana me ayuda a ver que lo que me clavé es una piedra con un papel atado; la recojo. Escucho que Tanaka se aproxima y me escurro por un costado, rodeando el sofá. Mira a donde estaba hace unos segundos, pero ya no me encuentra. Entonces lo veo que se dirige a la ventana. Recién ahora me doy cuenta de que la ventana está rota. Observo la piedra que tengo en la mano y comprendo que alguien la arrojó por allí, rompiendo el vidrio. Despliego el papel arrugado, tengo que moverme un poco hacia donde da la luz para poder leer. Leo en letras recortadas de revistas: «Deja de hablar o morirás». Aparentemente, Dexter nunca llegó a leer este mensaje. Por lo que puedo suponer que llegó en el mismo momento o después de que lo mataran. Esto me dice que quien lo envió no sabía de su muerte y, por lo tanto, esto lo elimina como sospechoso. Es otra pista sin salida. Dexter tenía más enemigos de los que pudo manejar.

De repente, escucho un ruido y veo que Tanaka se sobresalta. Me asomo como puedo para mirar hacia la puerta. Veo la silueta de alguien de pie en el umbral. Freddy le apunta con su arma y la linterna. Es un hombre corpulento que comienza a caminar hacia él. Yo también pongo la mano dentro de mi abrigo para aferrar mi arma en caso de llegar a necesitarla. Cuando llego a ver su rostro de perfil lo reconozco, es Morgan, un exagente de la CIA con quien trabajé cuando estaba en Defensa junto con Leonore O'Sullivan.

—¿Qué haces aquí? —pregunta Morgan con autoridad, claramente sabe con quién está hablando. Pareciera una situación entre un superior y un subalterno.

—El suicidio de O'Sullivan es una investigación activa del FBI —responde Tanaka—. ¿Qué haces tú aquí? —prosigue Freddy, haciéndole la misma pregunta, mientras baja el arma y se aleja del sillón. Camina hacia Morgan. Es como si Freddy intentara demostrar que Morgan no tiene autoridad sobre él. Me sorprende que se conozcan, no sé cuál es su relación, pero la situación se torna tensa. A medida que Freddy se le acerca, Morgan va girando y logro ver su otro perfil, tiene un parche en el ojo.

—¿Qué te pasó en el ojo? —pregunta Freddy, comprobando mi suposición de que se conocen.

—Tuve un altercado con un ladrón de poca monta —explica Morgan con desdén, como recordando al infeliz que se topó en su camino—, a él no le fue tan bien como a mí. Eso sucede cuando se meten con alguien más grande.

Quiero saber qué está pasando aquí, lo último que dijo Morgan parece una amenaza, pero siento una vibración en mi bolsillo y sé que el teléfono sonará en una fracción de segundo. Reacciono, me levanto de un salto mientras comienza a sonar el teléfono y me lanzo contra la ventana, terminando de romper el vidrio en mil pedazos. Recibo un corte en la mano, pero no le presto atención. Corro escaleras arriba por la salida de emergencia del balcón. Escucho un primer disparo, luego otro, que pega en la barandilla de metal de la escalera. Miro hacia abajo y veo a Morgan apuntándome. Retomo la carrera y subo los pocos peldaños que me separan de la terraza. El siguiente disparo da en la mampostería, ya estoy en el techo, fuera de la línea de fuego. Tengo unos segundos para pensar antes de que Morgan suba y comience a disparar de nuevo. Si no le faltara un ojo, ya estaría muerta. Puedo sacar el arma y defenderme, pero todavía no sé qué papel juega Morgan en todo esto, no sabe que soy yo a quien dispara y prefiero que continúe sin saberlo. Tal vez sea de los buenos y no quisiera acabar con él sin saber de qué lado está. Miro alrededor y la única salida son los techos vecinos. Me separan tres metros del edificio de al lado, es demasiado, pero no tengo alternativa. Tomo carrera y salto. Me golpeo en las rodillas y resbalo. Quedo con las piernas colgando, pero alcanzo a agarrarme de la cornisa. Me esfuerzo, logro levantar una pierna para aferrarme mejor y termino de subir. Apenas hago pie firme, un disparo da en el tejado junto a mí, ya está nuevamente persiguiéndome. Vuelvo a correr hasta el extremo del techo y veo el primer balcón debajo. Me desprendo hacia allí. Uso la escalera de emergencia y nuevos disparos a mi alrededor me obligan a apoyarme contra la pared. Me aplano lo más posible contra ella para que Morgan no tenga ángulo de tiro. Las sombras de la noche y el ojo de menos de Morgan jugaron a mi favor hasta ahora, pero tengo que estar preparada para devolver el fuego si no tengo alternativa, así que vuelvo a tomar mi arma. De repente, escucho mi nombre.

—¡Ainara! —me grita Morgan, que inclinado desde el balcón del otro edificio me tiene en la mira. Un tímido haz de luz que da en mi rostro le ha permitido reconocerme. Está afinando la puntería, me piensa disparar, claramente no está de mi lado. No tengo salida.

De pronto siento que alguien me tironea hacia atrás y caigo dentro de un piso. Una mujer desnuda grita y se tapa con las sábanas mientras un hombre, también desnudo, me mira desconcertado.

—¿Qué quieren? —grita el hombre, que se mete a la cama con la mujer—. ¡Váyanse!

—Disculpas —dice alguien a mi lado. Es quien me sacó de la línea de tiro y no había tenido tiempo de verlo hasta el momento, pero reconozco su voz de inmediato. Es Junior.

—Vamos —me dice tomándome de la mano y atravesamos la habitación mientras el hombre desnudo nos insulta. La puerta del piso está cerrada con llave, pero no tenemos tiempo para buscarla ni pedírsela a quienes nos siguen gritando—. Apártate —le digo a Junior, que se hace a un lado. Recién entonces saco mi arma y de un disparo hago estallar la cerradura. Ya nada nos impide escapar.

14

PERSECUCIÓN EN EL METRO

CERCA DEL SÓTANO, Brooklyn
  Jueves, 14 de octubre
  7:05 p. m.

ANDREW Y ALAIN caminan por la calle con paso tranquilo. Están a solo dos cuadras del metro. Hacia allá se dirigen mientras Andrew saca su móvil y le envía un mensaje a Freddy. Le avisa que están yendo a buscar al *hater* que acosaba a Dexter. Le pasa los datos y le pregunta si puede investigarlo. No recibe ninguna respuesta de Tanaka. Andrew lo insulta en silencio y vuelve a guardar su móvil. Le molesta que, por el motivo que sea, estén incomunicados. La actitud de Freddy no es la misma de siempre. Ya anoche Ainara se lo hizo notar, pero él les aseguró que todo estaba bien. Hoy no ha dado señales de vida y ni siquiera responde los mensajes. Algo le está pasando, eso es seguro, pero no lo excusa para desaparecer de esta manera. Andrew piensa que es Tanaka en lugar de él quien debería estar allí. Él no es un hombre de acción, lo suyo es trabajar desde el escritorio. Por eso no se siente a gusto con esta misión, pero sabe que cada segundo cuenta, que, a medida que pasen las horas, quien haya sido el responsable de la muerte de Dexter intentará borrar sus rastros. Por ese motivo no debe perder tiempo y hacer lo que, en otro momento, le hubiera tocado a alguien más. «A veces hay que ensuciarse las manos», piensa mientras continúa avanzando.

Cuando están a una calle del metro, Alain se acerca a Andrew y le habla al oído de forma disimulada.

—No mires atrás —dice Alain manteniendo la vista al frente—, pero nos están siguiendo.

—¡Demonios! —responde Andrew entre asustado y molesto, debe concentrarse para contener la necesidad de mirar qué sucede ahí detrás—. ¿Quién nos sigue?

—No lo sé —responde Alain muy calmado—. Cuando salimos del sótano había un hombre caminando detrás de nosotros, pero ahora son cuatro. Apuremos el paso.

Andrew se sorprende de la habilidad de Alain para darse cuenta de esos movimientos. Le queda claro que no es tan inocente como se presenta, pero en este momento eso es bueno, lo agradece. Necesita alguien así a su lado.

Ven la entrada del metro y se apresuran aún más. Dejan todo disimulo y comienzan a correr. Los perseguidores, al ver que se percataron de su presencia y tratan de escapar, corren detrás de ellos. Ingresan al metro bajando las escaleras y esquivan a la gente hasta que el flujo de personas se hace más calmo. En ese momento llega un tren a la estación y logran entrar antes que nadie: está bastante lleno. Se acomodan para mirar por las ventanillas lo que sucede afuera.

—Vamos, vamos —dice Andrew, esperando que las puertas se cierren para quedar a salvo. Pero no tienen suerte. Por la ventanilla ven que los hombres que los seguían, luego de saltar los molinetes, llegan hasta el tren y entran en el vagón siguiente justo antes de que las puertas terminen de cerrarse. Los dos empiezan a moverse con dificultad hacia el próximo vagón, tratando de alejarse.

—Perdón —le dice Andrew a una mujer joven a la que choca sin querer. En realidad, ha chocado con todos los pasajeros, pero a esa mujer casi la tira al suelo. Miran hacia atrás y ven entre las cabezas de la gente que los hombres se aproximan a los empujones. Aquellos no tienen reparos con dañar a quien tengan delante, y se escuchan insultos a su paso. Andrew y Alain se desesperan y siguen hasta el siguiente vagón. Esta es una carrera que terminará en el momento que lleguen al final del tren. Lo único que pueden hacer es ganar tiempo y esperar que en la próxima estación puedan escapar.

La formación comienza a detener su marcha y ven las luces de la plataforma aparecer por las ventanillas. Ha llegado el momento de bajar y correr. El corazón de Andrew está acelerado porque los perseguidores se le están acercando. Alain le hace señas para que bajen. Ni siquiera se han abierto las puertas por completo, pero Alain las fuerza y bajan. Comienzan a correr en el andén para encontrar la salida. Los perseguidores los ven y también bajan. Se tropiezan con la gente que va bajando de los vagones, pero siguen corriendo. Los perseguidores se aproximan cada vez más porque no respetan nada y empujan a cualquiera que se ponga en su camino. Cuando están a escasos cinco metros, las puertas del metro se comienzan a cerrar, pero Andrew, en un rapto de inspiración, reacciona a tiempo y se arroja contra ellas tomando a Alain del brazo. Las puertas se cierran sobre su cuerpo hasta aprisionarlo. Andrew se desespera y Alain lo empuja con todo su peso. Andrew se zafa y logran ingresar justo cuando los perseguidores están sobre ellos. Las puertas se vuelven a cerrar, esta vez sobre la mano de uno de los hombres que intenta abrirla. Alain comienza a darle puñetazos en los dedos hasta que este quita la mano y el tren arranca. Los atacantes caen sobre la puerta a los golpes y patadas. Ventanilla de por medio, Andrew ve con claridad el rostro de aquellos hombres y, en el cuello de uno de ellos, puede apreciar el símbolo que había dibujado Ainara. Es entonces que comprueba que son el mismo grupo que la atacó hacía dos días. Esta es una información importante que Ainara debe saber, sin embargo, lo que más le preocupa a Andrew es cómo los encontraron. Mira a Alain y no tiene dudas, fue ese llamada que respondió en el sótano, así lo pudieron rastrear. Llama entonces a Junior, pero entra directamente el contestador, debe tener el teléfono apagado.

—¡Mierda, mierda, mierda! —grita mientras aprieta su móvil como si quisiera reventarlo. La gente que está en el vagón los mira y se aparta aún más de ellos. Habían visto como Alain golpeó al que intentaba subir y desde entonces los observan a la distancia. Andrew se da cuenta al fin que están llamando mucho la atención y se controla. Entonces escribe un mensaje en el grupo de WhatsApp donde se encuentran todos. Avisa que el sótano está comprometido y que es peligroso regresar allí. También escribe que se comuniquen con él cuanto antes.

—¿Qué hacemos ahora? —pregunta Alain mirando a Andrew.

—Lo que teníamos planeado —responde Andrew luego de pensarlo unos instantes—. Vamos por el *hater*.

15

SUS VIDAS NO VALDRÁN NI UN CENTAVO

ALGÚN LUGAR de Nueva York
   Jueves, 14 de octubre
   07:30 p. m.

FREDDY ATINÓ A APUNTAR con su arma, pero nada más. Luego de sorprenderse con el estallido de los vidrios y ver a alguien saliendo del piso por la ventana, se quedó mirando la escena con el arma en alto, sin saber muy bien cómo reaccionar. La situación era totalmente irregular. Él no debería haber estado ahí, Morgan mucho menos y la tercera persona fue algo inesperado. Cuando Morgan salió por la ventana a los tiros, Tanaka dudó acerca de lo que debía hacer, si tenía que ir tras ellos o no. En una situación normal, en un procedimiento aprobado por la oficina, tendría que haber detenido tanto a Morgan como al intruso desconocido, o al menos intentado hacerlo. Pero él ha realizado un allanamiento ilegal, por lo cual cualquier acción que hubiera tomado estaría viciada de nulidad y terminaría jugando en su contra.

Se arrimó a la ventana para ver qué sucedía y presenció toda la acción. Cuando Morgan gritó el nombre de Ainara, estuvo a punto de dispararle para proteger a su amiga. Sin embargo, al ver que ella logró escapar, tomó una decisión rápida. Salió del piso para evitar la confrontación con Morgan. El exagente de la CIA le obligaría a darle una explicación que por el momento no tenía; decir la verdad no era una opción. Bajó corriendo las escaleras y abrió la puerta de calle sin problemas, desde adentro no necesitaba llaves. Llegó a su coche y se marchó. Mientras se alejaba, pensaba en cómo debía continuar. Sabía que Morgan y Nash tenían algún tipo de relación, los había visto juntos más de una vez, incluso había hablado con Morgan en la oficina de su jefe. Por lo tanto, existía la posibilidad de que Morgan le contara a Nash de su intervención en el piso de Dexter, algo que le habían prohibido explícitamente. Debía adelantarse. Morgan podría pensar que él y Ainara estaban allí juntos. Esto lo pondría en una posición aún peor. Así que, sin saber muy bien qué decir, llamó a Nash y le dijo que necesitaba verlo de manera urgente. Nash accedió y acordaron un lugar donde encontrarse: sería en la calle. Por otro lado, estaba el tema de Ainara, Freddy no entendía qué hacía oculta en el piso de Dexter. ¿Por qué no le había dicho nada? ¿Por qué se ocultaba de él? Pensaba que tal vez había sido ella quien rompiera los precintos, lo cual era algo lógico, ya que era un lugar donde necesariamente había que investigar. Pero por el momento no había forma de saber sus motivos reales, y sería mejor no llamarla hasta que conozca la actitud de Nash frente a todo esto.

Tanaka llega al lugar acordado y lo ve a Nash en su coche. Estaciona delante de él. Baja de su vehículo y camina hasta el de su jefe. Abre la puerta del acompañante, entra y se sienta a su lado.

—¿Qué es tan importante, Tanaka? —pregunta Philip Nash notoriamente molesto.

—Cuando iba en el coche, luego de salir de la oficina —explica Freddy tratando de resumir su cuento—, al detenerme en un semáforo, una moto se detuvo a mi lado, era Ainara Pons.

Tanaka había tenido tiempo para inventar una historia que justificara su accionar, trató de hacerla lo más simple posible. Según su experiencia, cuando las mentiras son complicadas, es muy difícil sostenerlas. Ahora resta ver cómo será la reacción de Nash.

—Imagínese mi sorpresa al verla —continúa Tanaka —. Me hizo señas para que la siguiera. Tomé el teléfono para llamar a la oficina, pero me contuve. Pensé en lo inteligente y escurridiza que es esa mujer, y supuse que si involucraba a más agentes la perdería. Por eso accedí a seguirle el juego.

Nash lo observa sin hacer ningún gesto, pero está claro que analiza sus palabras y, probablemente, trata de discernir cuánto de verdad hay en ellas.

—La vi entrar en un edificio y bajé del coche para ir tras ella. Me di cuenta de que era la dirección de Dexter

O'Sullivan porque la había visto en el expediente esta tarde —continúa contando Freddy mientras trata de adivinar lo que piensa su jefe—. Al llegar al piso, estaban retirados los precintos, así que saqué mi arma y entré. La busqué en la oscuridad y estoy seguro de que estuve a punto de atraparla. Pero unos segundos después, alguien más llegó al lugar. Morgan, el exagente de la CIA, ingresó al piso y me cuestionó por qué estaba allí. En ese momento apareció Ainara, que se hallaba oculta en algún sitio y saltó por la ventana. Morgan salió tras ella a los tiros y, entonces, no supe qué hacer. Tendría que haber detenido a los dos, pero no sabía en qué podía meterme, así que salí del lugar y lo llamé.

Nash se queda mirando a Tanaka sin decir nada. Por eso Freddy se apresura a seguir explicando lo sucedido.

—Mire, jefe. No sé qué está pasando, pero hay algo escondido en todo esto. No entiendo por qué Ainara se arriesgó a buscarme, ni qué quería mostrarme en ese piso. Pero la intervención de Morgan me resulta aún más sospechosa. Debería reportar esto de inmediato a la oficina, más porque hubo un tiroteo. Sin embargo, sé que conoce a Morgan y preferí hablarlo con usted primero. Haré lo que me diga, jefe.

Freddy se juega su carrera y, tal vez, la vida en esto. Sabe que la situación es muy turbia y tiene que elegir un bando o, al menos, simular que lo hace. No puede mantener una actitud inocente, su jefe no la creerá. Piensa además que quizás podría surgir algo bueno de este desastre. Si logra obtener la confianza de Nash, tendría la posibilidad de acceder a información privilegiada.

—Deberías haberme llamado en cuanto viste a Ainara —lo amonesta Nash y Freddy duda de su posición—. Pero aun así hiciste bien.

Freddy suspira por dentro, pero por fuera se mantiene sin esbozar ninguna expresión.

—No reportes nada por el momento. La situación es más complicada de lo que parece. La CIA estaba investigando a Dexter porque se cree que lideraba una organización sediciosa. Había reunido a excombatientes con la intención de realizar algún tipo de revolución. No sabemos por qué se suicidó, pero la investigación es confidencial. No podemos exponer a estos soldados, por más equivocados que estén, siguen siendo héroes de guerra condecorados. Por eso es que hoy te dije que no intervinieras. La CIA me pidió que llevara el caso del suicidio para que no saliera a la luz lo de los excombatientes. Morgan, si bien está retirado, sigue trabajando como consultor de la agencia y participa como nexo con otras oficinas, en este caso, con el FBI.

La explicación de Nash sorprende a Tanaka que no sabe qué pensar. Si bien tiene lógica, va muy en contra de lo que sabe de Dexter o de lo que cree Ainara. Aun si todo eso fuera cierto, tampoco se justifica la urgencia de Morgan por matarla, ya que cuando salió a los tiros, ni siquiera sabía que se trataba de Ainara. Actuó como un asesino tratando de cubrir su rastro. Si no hubiera intervenido Ainara, tal vez los disparos de Morgan hubieran sido para él.

De todos modos, le seguirá la corriente a Nash para eliminar sus sospechas. Al menos, esta incursión le sirvió para obtener algunos datos interesantes. El primero era que la CIA está involucrada de alguna manera, habrá que corroborar si es como Nash dice o se trata de otra cosa. El segundo punto novedoso es que hay otros excombatientes involucrados. También habrá que ver para qué estos militares se estaban organizando, si era para lo que Nash y la CIA dicen o se trata de otra cosa. Es una pista que puede seguir. Tal vez, a través de estos hombres, averigüe realmente qué está pasando.

—¿Qué quiere que haga, jefe? —pregunta tratando de que lo incluya en lo que sea que estén haciendo—. ¿Sigo como si nada o lo ayudo con algo fuera de la oficina?

—Como me dijiste esta tarde —responde Nash sin dar más explicaciones—, tú no has visto nada. Ahora vete.

—Sí, jefe —contesta Freddy y sale del coche. Piensa que las cosas resultaron bastante bien. El jefe tiene sus dudas, pero es mejor que dude a que descubra que lo ha traicionado. Freddy no sabe hasta qué punto lo estarán vigilando, ni quiénes forman parte de esa conspiración, así que no puede confiar en nadie. Tampoco podrá mantener ningún contacto con Ainara o con la gente del grupo. Si lo descubren, sus vidas no valdrán ni un centavo. Es por eso por lo que toma una decisión drástica, borra todas sus conversaciones de WhatsApp con ellos y los bloquea. Si por algún motivo le revisan el móvil, no podrán vincularlo a Ainara o su gente con tanta facilidad. Su objetivo ahora será descubrir con qué excombatientes se juntaba Dexter, si es que realmente existían, y encontrar una forma de investigar a Morgan, que quizás sería lo más difícil.

16

¿QUÉ HABRÁ PASADO AHORA?

ALGÚN LUGAR de Nueva York
  Jueves, 14 de octubre
  08: 00 p. m.

CAMINO CON JUNIOR junto al río. Una vez que estuvimos seguros de haber despistado a Morgan, nos alejamos de la zona para hacer tiempo hasta poder recuperar nuestros vehículos. Los habíamos dejado demasiado cerca del piso de Dexter como para ir por ellos. No sabíamos cuánto tiempo más estarían Morgan y Tanaka allí, pero después del tiroteo no creo que hayan permanecido por mucho tiempo.

—Gracias, Junior —le digo a mi amigo luego de haber estado largo rato en silencio—. Estuve muy cerca de perder la vida en ese balcón.

—Siempre lo estás —afirma Junior sonriendo y me saca una sonrisa a mí también—. Afortunadamente, la muerte se quedó con las ganas de nuevo, así que está todo bien. De todos modos, creo que valió la pena.

—¿Por qué lo dices? —le pregunto sin comprender —. ¿Qué hacías allí?

—Cuando fui al hotel donde murió Dexter, descubrí muchas cosas —me comienza a explicar Junior en detalle —. La primera es que allí hubo una riña. Dexter debe haber peleado con el asesino antes de morir. Había mucha sangre, y no creo que haya sido toda de O'Sullivan —afirma. Si alguien peleó con Dexter, debe haber sido alguien muy preparado o más de uno. A O'Sullivan no se le podía vencer tan fácilmente—. El segundo descubrimiento —continúa Junior con su enumeración— es que no aparece registrado en el hotel. O lo hizo con un nombre falso, lo cual no tendría sentido si fuera a suicidarse, o fue otra persona la que se registró y lo citó a O'Sullivan en aquel lugar para matarlo. En este caso, es coherente que haya usado un nombre falso. Quien se registró lo hizo como Phillip Collins. ¿Tiene algún sentido para ti?

Niego con la cabeza, aparte de que sea un bromista, no se me ocurre otra cosa. O era alguien a quien le gusta lo *vintage*, o alguien de alrededor de cincuenta años.

—La tercera cosa que es totalmente irregular —continúa Junior— es que alguien se llevó todas las imágenes recogidas por las cámaras de seguridad, por lo cual no se puede saber quién entró o salió de ese sitio aquella noche. Ninguno de estos videos aparece en la causa que está en el juzgado —sentencia. No podría haber encubrimiento sin algo tan básico como deshacerse de los videos de seguridad, es lógico—. Y la cuarta y última cosa que descubrí es que hay un grupo organizado detrás de esto, probablemente del Gobierno. Dos hombres armados llegaron para limpiar el lugar cuando yo todavía estaba ahí. Escapé justo a tiempo. Es consistente con lo que me dijo el testigo sobre los hombres de negro que le pagaron.

La deducción de Junior con respecto a una organización del Gobierno tiene mucho sentido, me animaría a decir que se trata de la CIA. Eso coincide con la aparición de Morgan en escena. ¿Pero por qué? ¿Por qué la CIA estaría encubriendo este asesinato? Tal vez porque lo cometieron ellos mismos.

—Por eso en cuanto salí del hotel fui a la casa de Dexter —prosigue Junior con su explicación—, quise apresurarme para llegar antes de que vinieran a limpiar este lugar también.

—Supongo que eso es lo que hacía Morgan aquí —le aclaro a Junior—, él es un exagente de la CIA, debe haber ido a limpiar.

—Es posible que haya ido a hacer otra cosa también, Ainara —me dice Junior levantando una ceja.

—¿A qué te refieres? —le pregunto intrigada.

—Tal vez fue por esto —me contesta Junior mostrándome un documento que traía entre sus ropas—. Lo encontré en uno de los cajones de la habitación de Dexter. No te imaginas la cantidad de armas que tenía O'Sullivan repartidas por todo el piso. Supongo que por eso debieron hacerlo salir, allí adentro, nadie tendría ninguna oportunidad.

—Sé de lo que hablas, claro que lo imagino —le contesto a Junior mientras me entrega los papeles.

Recuerdo que cuando conocí su casa en los suburbios, me encontré con un búnker impenetrable.

—Apenas lo pude revisar —continúa Junior, hablándome del documento—. Cuando escuché que llegaba alguien, corrí hasta la ventana y salí. Hice el mismo recorrido que tú para escapar, por eso me encontraste.

Mientras Junior me termina de contar la historia, voy leyendo los papeles por arriba. Es un documento clasificado de la CIA. Habla de la apropiación de armas ilegales de diversos orígenes incautadas y redistribuidas en función de los objetivos de Defensa y de la CIA misma.

—Dexter lo debe haber conseguido cuando trabajaba para ellos —especulo, buscando una explicación que cierre con todo lo que sabemos—. Tal vez por esto renunció. De eso hablaba en su última entrevista y fue lo que desencadenó su muerte.

***

LA SITUACIÓN COMIENZA A COBRAR SENTIDO, todo concuerda. El motivo de su asesinato sería el de que no revelara las actividades ilícitas de la CIA. Solo quedan dos interrogantes, para qué quería la CIA esas armas y, lo que me resulta más urgente descubrir, qué papel juega Alain en todo esto. Además está el tema de los hombres que nos atacaron en el pueblo, ya que no parecían ser de la CIA. ¿Quiénes eran?

¡El teléfono!

Acabo de recordar la llamada que recibí cuando

estaba en el piso y que dio inicio a la persecución. Aún no sé quién me llamó. Reviso el móvil y veo que fue Kim.

«Hola, Ainara. Son albanos los que los persiguieron. De algún modo, Alain está relacionado con la venta de armas y los albanos tienen que ver con eso».

El mensaje de Kim responde a mis dudas con respecto a Alain. Ahora hay que ver quién le vende armas a quién. Por el documento que encontró Junior, es muy probable que la CIA le estuviera comprando armas a los albanos, pero no sabemos aún para qué.

Mi teléfono vuelve a sonar. Es un mensaje de WhatsApp de Andrew. ¿Qué habrá pasado ahora?

17

VAMOS DE NUEVO

Sótano de Andrew, Brooklyn
  Jueves, 14 de octubre
  7:40 p. m.

KIM REGRESA AL SÓTANO, está cansada. Luego de su experiencia con los albanos, volver al centro de operaciones la hace sentir segura. Repite la ceremonia de golpear la puerta en código y, nuevamente, no encuentra a nadie. Ingresa y se va a desplomar en el sofá, pero se detiene. Esta vez se dirige a la silla giratoria y se sienta frente al escritorio para ver si encuentran otra nota. Kim se da cuenta de que es una silla muy cómoda, con razón Andrew pasa tanto tiempo sentado en ella. No hay más notas, así que revisa el móvil para ver si Ainara le escribió algo, pero tampoco hay nada. No sabe qué hacer. Espera que al menos su amiga haya escuchado el mensaje que le envió contándole de los albanos, pero no puede estar segura de eso.

Observa las pantallas y se siente tentada, sabe que a Andrew no le gusta que toquen sus cosas, menos aún los ordenadores, pero no se puede contener. Se justifica pensando que tal vez la nota se encuentre en el monitor. Mueve el ratón y se va el protector de pantalla. Puede ver un mapa de los suburbios de Nueva York con una dirección marcada. Otra vez duda en seguir manipulando el ordenador, pero cree que vale la pena violar las reglas de Andrew. Toca con el cursor el punto rojo que señala la dirección y se despliega un nombre, «Robert Graham», acompañado de una leyenda entre paréntesis que dice «el Puño».

—¿Qué es esto? —se pregunta Kim y, ya sin más reparos, mira entonces la otra pantalla. Ve abiertas distintas ventanas de chats y comentarios agresivos hacia Dexter firmados por «el Puño».

—Es el *hater* —dice Kim, quien, a pesar de estar sola, pareciera que le está hablando a alguien.

En la nota anterior, Andrew avisaba que iba a buscar al *hater*. Ahora ya sabe dónde fueron. Se endereza en el asiento y piensa en lo que debe hacer. Ya ha hecho bastante por hoy, así que tal vez deba irse a su casa a cenar y tomar un merecido descanso. Mañana será otro día y podrán cotejar la información que cada uno haya conseguido. Seguramente, toda la situación sea más clara entonces. En ese momento, ve que alguien ha escrito en el grupo, pero el móvil no le había avisado.

—Este teléfono anda cada vez peor —protesta Kim

—. Debí comprarle uno al albano —termina bromeando consigo misma.

Revisa el móvil y lee el mensaje de Andrew, avisando que el sótano no es seguro.

—¡Demonios! —vuelve a hablar sola, pero esta vez en voz más alta. Mira a su alrededor, temerosa, como verificando que no haya nadie en el lugar. Se levanta de la silla para salir de allí lo antes posible. Sin embargo, se detiene. No puede irse a su casa de lo más tranquila luego de enterarse de que los malos saben dónde están y, probablemente, también sepan quiénes son. Por más que lo intente, no lograría dormir. Se acerca a la pantalla con los datos del *hater* y le toma una foto. Después mira el escritorio. Cierra la *notebook* que Andrew también había dejado abierta junto a los ordenadores de escritorio y las diferentes pantallas. Piensa que si no pueden volver a su base de operaciones, a Andrew le vendría bien, al menos, tener su ordenador portátil. Se lo pone bajo el brazo y recoge también el cargador para guardarlo en un bolsillo de su saco. Está por salir cuando se detiene y vuelve atrás. Rodea el escritorio y de un tirón desenchufa el *ups* al que están conectados los ordenadores.

—Si los malos entran en el sótano —dice Kim mientras mira a su alrededor para verificar que no se olvide de nada—, que al menos no la tengan tan fácil.

Al llegar allí pensó que estaría segura; se había equivocado.

—Vamos de nuevo —vuelve a hablar en voz alta antes de abandonar el lugar. Parece que será una noche larga.

Apenas llegan a la siguiente estación, Andrew y Alain bajan del tren. Prefieren salir del metro lo más rápido posible. Andrew no sabe el tamaño de la organización que los persigue, pero si tienen los suficientes recursos, como así lo parece, pronto estarán nuevamente tras de ellos. Una vez en la calle, tienen que ver cómo llegan hasta la casa de Robert Graham, el Puño.

—Tenemos que conseguir movilidad —dice Andrew al llegar a la calle—. No creo que un taxi nos lleve a esa zona, es uno de los focos de disturbios.

—No te preocupes, cúbreme —dice Alain mientras comienza a probar las puertas de los coches estacionados.

Andrew mira hacia todos lados un poco desconcertado, no está acostumbrado a aquello y no le gusta lo que están haciendo, pero no tienen alternativa.

—Vamos, Andrew —dice Alain al advertir el gesto del *hacker*—, no me mires así. Tú haces lo mismo que estoy haciendo yo, abres puertas que no son tuyas, solo que lo haces desde tu escritorio.

Andrew piensa que el hijo de Dexter no está tan equivocado, pero desde su ordenador parece solo un juego, se siente muy distinto al hacerlo en la vida real. También le sorprende la soltura con la que se maneja Alain, intenta abrir los coches sin ningún prejuicio.

—Como lo hago yo con mis dispositivos —murmura, admitiendo que el muchacho tiene razón.

Es entonces que ven un camión de helados color rosa. «Superfresa», dice en el lateral del vehículo. Hay un solo hombre descargando mercadería por la parte trasera. Alain le da un golpecito en el brazo a su compañero mientras señala el camión con la cabeza, y comienza a caminar hacia allí. Andrew no puede más que seguirlo. Pasan junto al heladero, que carga dos grandes tarros vacíos de helado, alejándose del vehículo para entrar en una tienda. Alain rodea el camión y abre la puerta del conductor. Sube y Andrew lo imita por el lado del acompañante. Alain sonríe al ver que la llave está puesta y arranca.

—¡Ey! —grita el heladero, que corre hacia donde se encuentra Alain. Alcanza a llegar hasta él e intenta abrirle la puerta, pero Alain ya la trabó.

—Ábreme, maldito —grita el hombre mientras sigue forcejeando. Alain ni siquiera lo mira. El camión comienza a moverse y arrastran al heladero, que se cuelga de la puerta mientras los insulta. Pronto el hombre se suelta al comprender que no puede hacer nada y huyen. La puerta trasera continúa abierta, golpeándose contra el camión. Andrew puede ver, por el espejo retrovisor, al heladero parado en la mitad de la calle, insultando, y tarros de helado cayendo. Hoy ha hecho más cosas peligrosas que en los últimos cinco años, espera que haya sido suficiente por ese día.

18

SE DA CUENTA DE QUE ESTÁ PERDIDO

SUBURBIOS DE BROOKLYN
Jueves, 14 de octubre
8:00 p. m.

ALAIN Y ANDREW circulan en el camión de helados por el barrio del *hater*. Van despacio porque hay gente portando palos y elementos contundentes, quienes los cruzan en todo momento. También hay neumáticos quemándose en las esquinas. Es una escena que no se había visto en este país, pero que cada vez se hace más frecuente e intensa. Hay carteles y pasacalles con mensajes racistas. «Fuera negros de Estados Unidos», «Una nación para los verdaderos americanos», y frases por el estilo adornan esas calles que a cada momento se ponen más peligrosas.

—Detente —dice Andrew, señalando hacia adelante. A cien metros, justo en la esquina de la casa del *hater*, hay una barricada con hombres armados. Alain hace caso y aparca el vehículo.

—Dame tu móvil —le pide Andrew con un gesto serio.

—¿Perdón? —pregunta Alain haciéndose el desentendido.

—Que me des tu móvil —insiste Andrew levantando el tono de voz—, ese que has estado ocultando todo este tiempo.

Alain suspira. Mete la mano entre sus ropas y extrae el móvil. Sabe que no tiene sentido que lo siga escondiendo, lo han pillado. Se lo entrega a Andrew. Andrew abre la puerta del camión, baja, y arroja violentamente el móvil al suelo, estallando en pedazos. Por si no fuera suficiente, lo pisa hasta hacerlo añicos.

—¡Heee! —grita Alain moviéndose al asiento del acompañante—. ¿Qué diablos haces?

—¿Cómo crees que nos encontraron esos hombres? —le increpa Andrew mientras mira a su alrededor, verificando que nadie los escuche—. Te estuvieron rastreando todo el tiempo. Nos pusiste en peligro a todos y ahora ya saben dónde está nuestro centro de operaciones.

—Lo siento —dice Alain, agachando la cabeza—. ¿Y ahora qué? —pregunta reclinándose en la butaca del camión.

—Tenemos que atravesar aquello —dice Andrew señalando nuevamente la barricada—. La casa del Puño está al otro lado.

—Y una vez allí, ¿qué? —insiste Alain.

—Debemos acercarnos al *hater* y quitarle algún dispositivo, móvil, ordenador o *tablet* —explica Andrew—. Lo que sea para que pueda acceder a sus cuentas y revisar con quién está relacionado.

Alain asiente con la cabeza, baja del vehículo y cierra la puerta. Comienzan a caminar hacia la barricada y van viendo que está llena de hombres armados.

—¿Cuál es el plan? —pregunta Alain.

—No lo sé —responde Andrew mientras sigue caminando.

—¿Cómo que no lo sabes? —pregunta Alain, sorprendido, y lo detiene aferrándolo del brazo—. ¿No tienes un plan?

—Normalmente, yo no salgo del sótano —se excusa Andrew algo apenado—. Son Junior y Ainara los que se encargan de estas cosas.

—Bueno —dice Alain mientras piensa en las posibilidades—, tal vez esta vez me toque actuar a mí. Todo esto es por mí y mi padre, y hasta ahora he sido un observador, incluso un obstáculo —afirma, pensando en el móvil destrozado en el suelo—. Es el momento de colaborar.

Andrew se sorprende ante la actitud de Alain, es la primera vez que lo siente honesto. Quizás no todo está perdido con este muchacho.

—¿Qué piensas hacer? —le pregunta.

—Improvisaré —responde Alain alzándose de hombros—. He lidiado con tipos más peligrosos, estos son apenas unos brutos. Tú espérame en el camión de helados por si tenemos que salir rápido, es preferible que no te vean dando vueltas.

—*Okey* —responde Andrew, haciendo una venia, y le muestra la dirección en su móvil. Alain se aleja. Andrew piensa que eso fue extraño, nunca había hecho ese gesto.

Fue como si hubiera recibido una orden del mismísimo Dexter.

—Algo debe haber sacado de su padre —dice Andrew en voz baja mientras lo ve acercarse a la barricada. Habla algo con los hombres y lo dejan pasar—. Lo hizo.

Lo ve perderse detrás de aquellos fanáticos y comprende que es mejor hacer lo que le indicó. Da media vuelta y comienza a caminar hacia el camión de helados. Cruza la calle y, cuando está llegando, ve a varios hombres acercarse en una camioneta y algunas motos. Se detiene y los observa. Los hombres bajan de sus vehículos y van derecho hacia el camión de helados. Lo estudian. El primero en llegar abre la puerta y se mete adentro. Es en ese momento cuando uno lo ve y sus miradas se cruzan a la distancia. Andrew lo reconoce, es el que había metido su mano en el vagón cuando estaban escapando. El hombre dice algo en un idioma incomprensible y saca la ametralladora que traía dentro del abrigo.

—Demonios —dice Andrew al verlo. Otros dos hombres con armas se suman y comienzan a correr hacia él. Andrew se da vuelta y también empieza a correr, pero choca bruscamente contra un coche que se le atraviesa. La puerta del acompañante se abre y escucha una voz de mujer.

—¡Sube, Andrew! —le grita Kim, que ve a los hombres venir hacia ellos. Se le abren más grandes los ojos al reconocer al albano de la tienda entre el grupo de los atacantes. Andrew sube atolondradamente y, antes de cerrar la puerta, el coche arranca alejándose a toda velocidad.

—¿Dónde está Alain? —pregunta Kim, que no entiende qué está pasando.

—Fuera de nuestro alcance, por ahora —dice Andrew—. Por lo pronto gira en la esquina, tal vez los perdamos.

Los albanos les apuntan, pero el que parece ser el jefe dice unas palabras y bajan las armas. Vuelve a hablar, señalando a la barricada. Está claro que es a Alain a quien están buscando.

19

TRAS LAS BARRICADAS

Casa del hater, suburbios de Brooklyn
  Jueves, 14 de octubre
  08:05 p. m.

—¿Qué quieres aquí? —le dijo uno de los supremacistas que estaba apostado en la barricada. Era un hombre rapado, de unos cuarenta años, con barba y múltiples tatuajes.

—Vengo a ver a mi primo, que vive a mitad de calle —le explicó Alain—, me dijo que esta zona está libre de negros.

—Claro que está libre de negros —afirma el hombre calvo, sonriendo, mientras codea a uno de sus compañeros, que también sonríe—. Pasa, muchacho.

Alain cruzó la barricada sin problemas. Fue tan sencillo como lo imaginó. Había cinco hombres más junto al calvo, pero solo dos de ellos estaban armados.

Ahora empieza a caminar por el medio de la calle, buscando la dirección que le mostró Andrew. Alain siente que no se ha comportado bien con aquella gente. Se están jugando la vida por él y por su padre, pero aun así no les dice la verdad. Piensa que esta noche, cuando se reúnan nuevamente, les contará todo lo que sabe y afrontará las consecuencias.

Cuando encuentra la casa del *hater*, se detiene frente a ella y la observa. Es una típica casa prefabricada de los suburbios, llena de basura y trastos viejos en la entrada. Una verdadera pocilga. Cruza la cerca o lo que queda de ella, unas pocas varas despintadas, y llega hasta la entrada. Toca el timbre y pronto se abre la puerta. Se asoma un hombre con sobrepeso, que sostiene una pata de pavo en la mano izquierda y a su gato atigrado en la mano derecha. Es el Puño.

—¿Qué quieres? —le pregunta mientras le da un mordisco al pavo y mastica con la boca abierta.

—Hola —responde Alain, que ya había pensado lo que diría en cuanto vio el estado de la casa—. Me dijeron que tienes yerba, tengo dinero para una onza.

El *hater* lo mira. Le da un poco de pavo a su gato, que muerde la pata con delicadeza. Luego deja al animal en el piso, que se va caminando con pesadez. Entonces el Puño se inclina detrás de la puerta y, sin previo aviso, extrae un rifle de asalto y le apunta directo a la cabeza.

—Vete de aquí, estúpido.

—¡Wow, wow! —exclama Alain levantando las manos—. Tranquilo, amigo. Vengo en son de paz, no es necesaria la violencia.

—Ya lárgate, que estoy ocupado —dice el hombre obeso que empuña el arma sin soltar la pata de pavo.

—Ten cuidado, amigo, con esa pata de pavo, que estás engrasando el mecanismo del arma —dice Alain al reconocer el rifle—. Tienes un hermoso modelo aquí, pero si ensucias el mecanismo, puedes tener un disgusto.

—¿Y tú qué sabes de mi rifle, niño? —pregunta el Puño en tono burlón.

—Lo que tienes allí es el nuevo fusil de asalto de Albania, el AK 2 —responde Alain sin dudarlo.

—No, chico, te equivocas —dice el *hater* mirando su arma—. Este es un fusil montenegrino.

—Lamento decirte que el equivocado eres tú —insiste Alain—. El único fusil montenegrino es el TARA TM-4, que no se parece en nada a este. El que estás engrasando con el pavo es una copia del viejo AK-47, con una modificación que reduce su peso en un veinte por ciento. Duró poco en las Fuerzas Armadas de Albania. Fue retirado de uso hace dos meses por protestas del Gobierno ruso, ya que se fabricó sin licencia. Por eso es que ha llegado a tus manos: los albanos se están deshaciendo de ellos. Si quieres, puedo conseguirte munición a buen precio.

—¿En serio? —pregunta el hombre, interesado, mientras vuelve a mirar su arma y revisa el cargador.

En ese momento, ninguno de los dos se lo ve venir, pero ambos son empujados dentro de la casa. Alguien le arrebata el rifle al *hater* mientras le apuntan con armas similares.

—Al fin te agarramos —dice el líder de los albanos

con el acento característico. Entonces se le acerca uno de sus secuaces y le habla en su idioma. El jefe mira al *hater* y luego responde—. Lo llevaremos también.

De inmediato, dos de ellos los aferran de la ropa, apuntándoles a la cabeza, y un tercero les lleva los brazos hacia atrás. Les pone precintos en las muñecas y los empujan para que caminen. Salen de la casa y van hacia la barricada. El *hater* mira sorprendido como los supremacistas están tirados en el suelo con las manos en la cabeza y a varios albanos, parados junto a ellos, sin dejar de amenazarlos con sus armas.

Pasan por allí sin detenerse. Alain ve que los albanos dejan a los supremacistas en el suelo, pero se llevan sus armas. Caminan cien metros y los meten dentro de una camioneta. Alain logra ver el camión de helados vacío, sin rastros de Andrew. Cree que le puede haber pasado lo peor. Alain menea la cabeza, se da cuenta de que está perdido.

———

La camioneta arranca y se aleja. Andrew y Kim observan la escena a la distancia. Una vez que verificaron que no los perseguían, volvieron para intentar recuperar a Alain. Bajaron del coche y ahora miran lo que sucede, ocultos tras un cartel de *hot dogs*.

—¿Y ahora qué hacemos? —pregunta Kim—. ¿Los seguimos?

Andrew mira su móvil y revisa una aplicación desarrollada por él mismo. En un mapa que duplica los de Google, puede ver un puntero rojo que se mueve por la calle frente a ellos.

—No es necesario —responde Andrew—, busquemos al resto del equipo, Ainara acaba de responder mi mensaje: nos veremos en una taberna. Esto lo tengo controlado.

20

LIBERTAD

Una taberna en Queens
Jueves, 14 de octubre
09:30 p. m.

LUEGO DE LA charla con Philip Nash, Freddy se dio cuenta de que pronto borrarían cualquier evidencia de lo sucedido. Es probable que Morgan hubiera ido a la casa de O'Sullivan precisamente para eso, limpiar todo rastro que relacione a la CIA o al FBI con el caso. Fue por esta razón por lo que decidió volver a la oficina. No sería la primera vez que regresa tan tarde para revisar algún archivo. Así que eso fue lo que hizo. Saludó con naturalidad a los agentes que trabajaban en ese turno, cuando alguno le preguntó acerca de qué hacía allí a esas horas, respondió que si no entregaba un informe mañana a tiempo, el jefe lo lincharía. Dio las respuestas usuales que justificarían su conducta, cosas por las que todos los agentes alguna vez habían pasado, nada que levante sospechas. Estuvo unos instantes en su escritorio y luego fue directo a los archivos. El expediente del caso seguía allí, lo revisó y no encontró nada que le diera una pista. Entonces pensó en algo distinto. Se dirigió al ordenador de la sala de archivos, donde a modo de índice podía buscar la ubicación de todos los expedientes de aquella enorme sala. Se sentó y escribió el nombre de Dexter O'Sullivan. Solo apareció el caso del suicidio. A Tanaka le resultó extraño que no haya otra cosa. Después de todo, en el caso de la mafia china de San Gen, él había sido investigado como cómplice de Ainara, y aunque no se hubieran encontrado pruebas de su participación, su nombre tenía que aparecer en el archivo, pero no era así. Alguien se había ocupado de hacerlo desaparecer. Busca entonces el caso de Ainara Pons. Por supuesto que el archivo aparece, así que verifica su fecha de actualización. Si bien seguía siendo un caso abierto, hacía años que no se incluían evidencias ni actuaciones nuevas. Pero el archivo figuraba haber sido modificado ayer. A Freddy no le quedaban dudas de que a Dexter lo habían limpiado. ¿Qué más podía buscar? Philip Nash. Introdujo ese nombre y se desplegaron cientos de títulos, era lógico porque el jefe firmaba la mayoría de los expedientes. Así que filtró la búsqueda a solo casos dirigidos personalmente por él en el último año. Aquí el resultado fue distinto. Solo tuvo dos casos a su cargo, el suicidio de Dexter hace dos días y uno titulado como asociación ilícita de posibles sospechosos de sedición. Este caso fue abierto hace tres semanas y cerrado cinco días después. Abrió el expediente en el ordenador y, al igual que con el suicidio de O'Sullivan, el archivo estaba vacío. Se fijó en donde se encontraba guardado el expediente en papel y fue a uno de los pasillos a buscarlo. Encontró la carpeta y leyó la única hoja que contenía. Decía que la investigación dio como resultado que era una falsa alarma, que se trataba de excombatientes que en estado de ebriedad habían hablado en algunas ocasiones en contra del Gobierno y que, si de ellos dependiera, lo cambiarían por la fuerza. La denuncia había sido realizada anónimamente por un desconocido que presenció la charla en una taberna. El nombre de la taberna era Libertad, en Queens. La palabra excombatientes y la frase cambiar el Gobierno, resonaron en la mente de Freddy en sintonía con lo que le había confiado Nash. Tanaka tomó nota de la dirección y se marchó de las oficinas, aún no era demasiado tarde y no tenía otra pista más que esa.

FREDDY INGRESA a la taberna y camina hacia la barra. Está prácticamente vacía. Hay dos hombres jugando al billar y nadie más. Freddy estudia el sitio y ve que la decoración está dedicada en su totalidad a la guerra. Fotos de soldados de distintas épocas, armas, recortes de diarios relativos a enfrentamientos bélicos y todo tipo de elementos relacionados con lo mismo. Se sienta a la barra y observa un cuadro con varias medallas, incluso la de honor. Luego ve a un costado, sobre un estante, una única foto de un grupo de marines, rodeada por al menos diez vasos de cerveza por la mitad. Le parece raro. Estudia la foto, y ve que en el centro aparece Dexter. En

118

ese momento, sale un hombre de la puerta ubicada detrás de la barra. Se lo ve rudo, de cincuenta y tantos años, cabello corto estilo militar y bien afeitado, aún para esta hora de la noche.

—Buenas noches, amigo —saluda el hombre mientras escudriña a Tanaka, claramente no es el tipo de persona que frecuenta esa taberna—. ¿Qué le puedo servir?

—Una cerveza está bien, gracias —responde Freddy.

—¿De la casa? —pregunta el cantinero mientras saca un gran vaso de vidrio de la heladera y señala la máquina expendedora de cerveza.

—¿Por qué no? —responde Freddy mientras el hombre va a servir el trago con una sonrisa. Tanaka vuelve a mirar aquel cuadro y reconoce al cantinero, mucho más joven, parado junto a Dexter con su uniforme de marine.

—Aquí tienes, amigo —dice el exmarine—. ¿Día difícil?

—Ni que lo digas —responde Freddy—. Por ayudar a una amiga, me metí en problemas con mi jefe. Eso me puede costar la carrera o algo aún peor.

—Bueno —dice el hombre—, pero fortaleciste tu amistad, que es mucho más importante que cualquier otra cosa. La lealtad siempre va primero.

—Espero que ella lo entienda —contesta Freddy y luego toma un sorbo—, porque para protegerla debí cortar todo contacto con ella.

El hombre lo mira levantando una ceja.

—No es de mi incumbencia —dice—, pero parece que estás metido en algo peligroso.

—La verdad es que sí —responde Freddy—, nuestras vidas corren peligro. Pero no creo que eso asuste a nadie aquí. Parece ser un lugar lleno de héroes —termina diciendo Tanaka mientras señala con el vaso en la mano las medallas colgadas en la pared.

El cantinero las mira de reojo.

—Eso fue hace mucho —afirma, tratando de descifrar al extraño. Su instinto le dice que es un buen hombre, pero que hay algo que no está diciendo, y ese algo está relacionado con su llegada a ese lugar.

—Mira, muchacho —continúa el hombre—. Estoy grande para que juegues conmigo. Dime lo que quieres de una vez, así veo si te dejo terminar ese vaso o te saco a patadas.

Freddy lo mira serio por un instante, pero luego sonríe, ese soldado le cae bien.

—Soy del FBI —dice y el cantinero no se inmuta—. La amiga que me pidió el favor quería que investigue la muerte de un amigo suyo. Dicen que este hombre se suicidó. —El cantinero de repente se endereza—. Pero todo indica que lo mataron y que hay algún tipo de encubrimiento. Tal vez haya gente de la CIA o incluso de mi oficina implicada, no lo sé. —Es recién en ese momento que Tanaka se pone serio—. Pero si supieran que le estoy diciendo esto, recibiría un tiro en la nuca.

Luego de hablar, Freddy se pone de pie con su cerveza a medio tomar y camina hasta la pared que tiene la foto de Dexter. Apoya el vaso junto al retrato y vuelve a la barra. Los dos hombres que estaban jugando al billar dejan sus palos sobre la mesa y van detrás de él. Arrastran dos banquetas y se sientan uno a cada lado, mirándolo amenazantes.

—Estás caminando en un borde muy filoso, muchacho —dice el cantinero mientras saca una pistola y la apoya sobre la barra—. ¿Cómo se llama la amiga que te pidió investigar la muerte de Dexter?

—Ainara Pons —responde Freddy sin saber si significará algo para ellos, pero lo mejor que puede hacer es hablar con la verdad.

Los tres hombres se miran entre sí. El que está a su izquierda se quita la gorra estilo béisbol y se le acerca.

—El viejo Dexter nos habló de ella —afirma—, dijo que era la única mujer en quien siempre podría confiar.

—Bueno —interviene Freddy—, eso que dijo Dexter sonó un poco machista. Así que me atrevo a corregirlo, es la única persona en la que yo siempre podría confiar.

—¿Lo conociste? —pregunta el hombre sentado a su otro lado, un afroamericano de un metro noventa de altura y más de cien kilos.

—No —contesta Freddy—, solo sé lo que Ainara me ha dicho.

—Eso está claro —continúa el mismo hombre—, sino sabrías que Dexter era muy machista, como todos nosotros.

Los tres hombres se miran y estallan en risas, relajando la tensión.

—Por eso es que las veces que el comandante O'Sullivan nos habló de Ainara Pons —retoma la palabra el que se había quitado la gorra—, nos llamó mucho la atención la admiración que le tenía.

El cantinero vuelve a guardar el arma.

—Nos gustaría agarrar del cuello al que le hizo eso —prosigue el cantinero—. Porque una cosa es que lo maten, Dexter era un guerrero y sabíamos que moriría en batalla. Pero algo muy distinto es deshonrar su memoria haciéndolo aparecer como un suicidio.

—Sí —prosigue Freddy—, a mí también me gustaría agarrar al asesino, pero por razones distintas. —Los tres hombres lo miran sin comprender y Freddy continúa—. Me temo que si no lo atrapo primero, él me puede atrapar a mí.

—Si hay algo en lo que podamos ayudar… —dice el hombre de color y Tanaka lo mira.

—No lo sé —contesta Tanaka—. Mi jefe me dijo que Dexter lideraba un grupo de excombatientes que querían derrocar al Gobierno, pero no me parece que ustedes tengan esas intenciones.

—Malditos mentirosos —dice el cantinero—. ¿Derrocar al Gobierno? Todo lo contrario, nos estábamos organizando para defenderlo.

—¿Cómo es eso? —pregunta Freddy.

El cantinero mira a los otros dos como consultando si podía hablar, y ellos le responden asintiendo con la cabeza.

—El comandante O'Sullivan nos dijo que estaban armando a civiles y grupos supremacistas para tumbar al Gobierno, que había sectores muy poderosos inmiscuidos y que nadie protegería al presidente. Nos pidió que estuviéramos preparados, llegado el momento, seríamos la última defensa.

21

DEBO ENCONTRARLO Y RESCATARLO

UNA TABERNA en Brooklyn
Jueves, 14 de octubre
09:30 p. m.

KIM Y ANDREW llegan a la taberna. Con Junior ya hemos tomado un par de cervezas. Ahora estamos comiendo unos bocadillos, en la mesa hay tres más esperando a los que faltaban. Me sorprende no ver a Alain.

—Aquí tienen —les dice Junior cuando se sientan a la mesa.

—Gracias —responde Andrew, que se apura a coger el bocadillo con las dos manos—, estoy hambriento.

—¿Dónde está Alain? —pregunto y Andrew se me queda mirando con medio bocadillo en la boca. Baja el bocadillo y lo apoya en el plato. Traga su bocado sin masticar, toma un trago de la cerveza de Junior y luego habla.

—Lo siento, Ainara —me dice apenado—. Nos separamos cuando fuimos a buscar al *hater* que amenazaba a Dexter. Llegaron los albanos y estuvieron a punto de atraparme. Si no fuera porque llegó justo Kim para salvarme, yo tampoco estaría aquí.

—Espera —le digo sin entender—. ¿Qué *hater*? —Luego la miro a Kim—. ¿Los albanos son los que tú me hablaste en el mensaje?

—Sí —dice Kim—, seguí la pista del móvil de Alain y llegué a la tienda de unos albanos. El símbolo que viste en el tatuaje es también albano y significa leñador, la palabra que le escuché decir a Alain por teléfono.

—Lo del *hater* —prosigue Andrew luego de tomar otro sorbo de cerveza para bajar el segundo trozo de bocadillo—, probablemente sea la pista que nos falta para saber dónde consiguen los supremacistas las armas. Si los albanos las venden, alguien las tiene que comprar. Aunque no hayamos conseguido lo que buscábamos, los albanos estaban afuera de mi sótano cuando salimos. Si nos hubiéramos quedado allí, nos hubieran atrapado más fácilmente. Y, de nuevo, tampoco yo estaría aquí.

—¿Y Alain? —insisto al darme cuenta de que sucedieron demasiadas cosas y es necesario fijar las prioridades antes de entrar en detalles. Salvar la vida del muchacho es la prioridad en este momento, luego vengaremos a Dexter.

—Luego de huir con Kim —explica Andrew—, dimos un rodeo y volvimos a buscar a Alain. Él estaba en la casa del *hater* tratando de conseguir el dispositivo del que te hablé. Esto quedaba tras una barricada de supremacistas. Fue entonces cuando vimos que los albanos habían reducido a los supremacistas y habían capturado a Alain junto con el *hater*.

—¡Diablos! —digo con frustración. No pude proteger al hijo de Dexter. Nuevamente han estado todos en peligro por mi culpa. Por eso me alejé en primera instancia, para que no corrieran más peligro. Es inevitable, cada vez que me acerco, sus vidas terminan pendiendo de un hilo.

—Mira, Ainara —dice Andrew tratando de calmarme—, apostaría a que Alain está bien. Esta noche lo vi hacer cosas que me sorprendieron, el muchacho sabe cuidarse. Aunque no lo creas, tiene algo de su padre.

—Además —lo interrumpe Kim—, creo que Alain conoce a sus captores. Si la discusión que le escuché por teléfono se trataba de compra y venta de armas, y él dijo que se dedicaba a importar cosas, no me extrañaría que él sea el intermediario entre los albanos con sus armas y alguien más que no sé quién pueda ser. Tal vez los supremacistas.

—No —interviene Junior con entusiasmo, como si hubiera resuelto el rompecabezas—. Es la CIA. El muchacho tenía el contacto con los albanos, y con la CIA hacía de intermediario para la venta de armas. Sospecho que quiso sacar una mayor tajada de lo acordado. Por eso los traficantes de armas fueron tras él, deben tener un cargamento que entregar, pero Alain les ha estado dando vueltas con el pago. Seguro le estaba pidiendo más dinero a la CIA del previsto.

—¿Cómo diablos se metió el muchacho en todo esto? —pregunto más para mí misma que esperando una respuesta de mis compañeros. Un chico tan joven no debería haberse metido en algo tan grande.

—Leonore —dice Kim—, su abuela, fue acusada de lo mismo cuando era secretaria de Defensa, de venta ilegal de armas.

—Puede ser —respondo dudando de que Leonore tuviera algo que ver—, pero cuando ella murió, Alain era solo un adolescente y ni siquiera sé si llegó a tener trato con ella.

—Supongo que su padre continuó con lo de Leonore y lo inició a su hijo en el negocio —dice Junior, exponiendo una acusación que no me agrada—. Sé que Dexter era tu amigo —me dice al ver mi gesto de desaprobación—, pero piénsalo bien. Tú lo conocías, el tipo tenía siempre un arsenal consigo. Es imposible conseguir todo eso de manera legal. Cuando Alain volvió a juntarse con Dexter, aprendió alguno de sus trucos, obtuvo sus contactos y pensó que podía hacer dinero fácil. Cuando Dexter se enteró de lo que hacía su hijo, discutieron y cortaron nuevamente la relación. Tal vez su cargo de conciencia por el ambiente en el que había introducido a su hijo fuera lo que lo empujó a lanzarse a esta cruzada contra las armas.

La explicación de Junior no me cae muy bien, pero puede haber dado en el clavo. La transformación de Dexter O'Sullivan debía deberse a algo más profundo que su sentido patriótico. La culpa suele ser uno de esos sentimientos que nos obliga a hacer cosas inimaginables. Dexter, como dijo Junior, tenía todos los contactos. ¿De dónde más los podría haber conseguido su hijo?

—Bueno —digo cuando advierto que todos me

miran esperando mi reacción—, aunque hubiera sido así, me siento obligada con el muchacho. Ahora debo encontrarlo y rescatarlo, después veremos qué hacer con él.

—En cuanto a eso —dice Andrew, que otra vez interrumpe su bocado—, hice lo que me pediste, Ainara. Coloqué un rastreador en la Game Boy que le di para no perderlo.

Andrew saca su móvil y me muestra la ubicación de Alain. Entonces cojo mi teléfono y se lo entrego.

—¿Puedes instalar esa aplicación en mi móvil?

—Claro que sí —me responde Andrew, que de inmediato comienza a hacerlo.

—Bien —digo—, haremos lo siguiente. Yo iré por el muchacho. Ustedes deben ir a un lugar seguro. Si lo que los albanos buscaban era a Alain, ya lo consiguieron. Así que probablemente no volveremos a saber de ellos y el sótano debería estar fuera de peligro. Pero prefiero no correr riesgos, así que deben encontrar otro lugar donde quedarse.

—Podemos ir a mi piso —dice Junior—, es lo bastante grande como para que entremos todos.

—Perfecto —respondo cuando un pensamiento viene a mi cabeza y lo dejo salir—. ¿Dónde diablos está el jodido Tanaka?

Andrew se alza de hombros y Junior baja la mirada.

—Vamos, chicos —dice Kim al ver la actitud de los demás—. Es Freddy de quien estamos hablando. Nunca nos ha fallado.

—Hasta ahora —digo pensativa—. Esta vez puede estar involucrado el FBI y sus lealtades corren el riesgo de confundirse. Además, en el piso de Dexter vi que Freddy y Morgan se conocían.

—¿Quién es Morgan? —pregunta Kim, que no sabe de quién está Ainara hablando.

—Es el exagente de la CIA que persiguió por los techos a Ainara a balazos —responde Junior.

—¿Qué? —pregunta Kim, sorprendida, y Andrew se vuelve a atragantar con el último pedazo del bocadillo.

—Eso no importa ahora —digo mientras me pongo de pie—. Ustedes quédense en la casa de Junior hasta que los contacte. Descansen.

22

DECIDO VIVIR

EN ALGÚN LUGAR de Nueva York
Jueves, 14 de octubre
10:00 p. m.

CUANDO A ALAIN le quitan la bolsa que llevaba en la cabeza, poco a poco recobra el conocimiento. Recuerda haber entrado a una camioneta cerca del camión de helados y nada más. Puede ver ahora que se encuentra en un amplio lugar que parece un depósito. Hay cajas de cartón apiladas unas sobre otras, por lo cual deduce que no se trata de las armas. Las armas vienen en estuches plásticos resistentes, cajas de metal o incluso cajones de madera, nunca en cartón. Así que si no se halla donde guardan las armas, no tiene ni idea de dónde diablos está.

Mira hacia un lado y ve a Robert Graham, alias el

Puño, o también conocido como el *hater*, sentado en una silla. Está maniatado y con una funda en la cabeza. Si lo reconoció fue por su cuerpo obeso y suciedad.

Un golpe repentino en la nuca lo sacude. Va hacia delante con el peso del cuerpo, pero rebota como una banda elástica y vuelve hacia atrás. Se da cuenta de que tiene las manos atadas a su espalda contra el respaldo de la silla. Tironea y comprueba que no se puede zafar, solo logra que le duelan las muñecas. Escucha unos pasos y ve que una persona entra en su campo de visión. Es un hombre alto de alrededor de cuarenta años. Lleva el cabello negro largo atado en una coleta. Su piel blanca contrasta con una rosada cicatriz muy visible sobre el labio superior y otra en el mentón. Es el líder de la organización albanesa.

—Hola, Saimir —saluda Alain tratando de esbozar una sonrisa—. Esto no es necesario, ya puedes soltarme.

El hombre da un paso adelante y le pega un puñetazo en el rostro que lo tira hacia atrás violentamente, pero es sujeto por alguien a sus espaldas y vuelto a acomodar en el lugar.

—Siento mucho, Saimir, que hayamos llegado a esto, pero...

Otro puñetazo lo vuelve a mandar hacia atrás sin que Alain pueda terminar de hablar. Esta vez comienza a sangrar profusamente de la boca. Alain escupe a un costado.

—Perdón, Saimir, perdón.

Un nuevo golpe lo arroja ahora al suelo con silla y todo. Muy rápido es levantado y vuelto a poner en su lugar por dos hombres que continúan parados detrás de él.

Esta vez Alain no vuelve a hablar. Lo que parece satisfacer al albano, que luego de un instante esperando, relaja sus músculos y da un paso atrás.

—Eres un dolor de cabeza, Alain —dice el hombre con un fuerte acento—. ¿En qué has estado pensando, mocoso? Te lo hicimos todo muy fácil. Trajimos el cargamento, te dimos las muestras, arreglamos el precio ¡y te dimos una importante comisión por adelantado!

El albano le lanza ahora una patada, también en la cara, que hace salpicar sangre en todas direcciones.

—¿Por qué te has comportado como un gran estúpido? —dice el hombre, tomándolo a Alain del cabello con la mano izquierda para levantar su cabeza, mientras eleva el puño derecho como para asestarle otro fuerte golpe. Pero desiste y lo suelta.

—Idiota —continúa el albano, que gira y le da la espalda. Saca algo de su chaqueta oscura y lo sostiene en sus manos—. Eres apenas un niño idiota que quería conseguir más dinero para sus juegos estúpidos.

Se da vuelta y le arroja la Game Boy en la cara. El aparato le da en el arco del ojo, cortándole la ceja, y luego cae al piso, dando en los pies del *hater*, que por primera vez reacciona, dejando salir una exclamación.

—Por favor —dice el *hater*, que había estado escuchando todo sin moverse ni emitir sonido. Quería saber qué diablos estaba pasando antes de hacer nada, pero ya no aguantó más—. Yo no tengo nada que ver con este imbécil. Déjenme ir, no sé quiénes son ni me interesa… Mientras el Puño sigue hablando, el albano saca un arma y se le acerca, apuntándole a la cabeza. Todo lo hace sin dejar de mirar fijo a Alain

—Si me dejan ir de aquí, no le diré nada a nadie, por fa…

Un estruendo suena y la cabeza del *hater* se sacude a la vez que una ráfaga de sangre estalla, saliendo de su nuca. El cuerpo cae pesado al suelo y se estremece por un par de segundos hasta que se queda inerte. Un charco de sangre comienza a formarse a su alrededor.

Alain cierra los ojos. Siente pena por ese fanático que nunca entendió de lo que se trataba la verdadera violencia. Todos sus alardes de supremacista ahora estaban esparcidos en el suelo. Aquí no había odio, fanatismo ni ideas mesiánicas, solo se trataba de negocios.

—¿Comprendes, Alain? —dice el albano—. Aún sigues con vida. Quizás puedas seguir así. A mí no me interesa si vives o si mueres. Me has hecho enojar, es verdad, lo admito. Tu aventura le ha costado la vida a un par de mis hombres. Bueno, así es la vida, jugamos con fuego, nos quemamos. ¿Qué se le va a hacer? Somos humanos, somos mortales.

El albano se acerca ahora a Alain y le apunta a la cabeza.

—Así que si vives o mueres depende de ti, de lo que decidas ahora, a mí me da lo mismo.

—Decido vivir —dice Alain en un hilo de voz temblorosa. Sus nervios han colapsado y al fin ha comprendido que no se trata de un juego. Como le dijo su padre la última vez que hablaron: «Algún día comprenderás que esto no es un juego y que la vida de los demás, y la tuya misma, dependerán de las decisiones que tomes». Él se había burlado de Dexter en ese momento por creerlo un viejo amargado. Se había marchado de la casa de su padre dando un portazo sin ni siquiera esperar a que terminara de hablar.

—¿En serio? —dice el albano sacudiendo el arma—. Mira que si quieres puedo terminar con tu miserable e intrascendente vida en este momento.

—Decido vivir —repite Alain en voz más alta.

—Ah, bueno —contesta el hombre bajando su arma. Mira a sus compañeros y dice algunas palabras en albanés. Sus hombres sonríen—. ¿Qué harás entonces para demostrar que esa es tu decisión?

—Llamaré a los compradores —explica Alain— y les diré que entreguen el dinero acordado para recibir su mercancía.

—Bien, bien —afirma satisfecho el albano—. Creo que esa línea de acción es acorde a tu decisión. Te estás acercando a seguir viviendo. Te felicito. Hasta hace un minuto ya estabas muerto.

Luego de decir esto, vuelve a mirar a sus hombres y les habla. Uno de ellos le alcanza un teléfono. El jefe lo toma y se lo ofrece a Alain, que solo lo mira. El hombre menea la cabeza y vuelve a decir algo en albanés. El mismo que le dio el teléfono entonces saca un cuchillo y corta el precinto que amarraba las manos de Alain. Él las trae hacia adelante, haciendo girar sus adoloridos hombros. Se frota las muñecas, ensangrentadas por el lazo que había estado muy ajustado, y coge el móvil que seguía sosteniendo el jefe frente a su rostro. Los números de teléfono importantes los sabe de memoria. Marca uno de ellos.

—Hola —dice la voz al otro lado de la línea.

—Soy yo —responde Alain—, está todo listo. Se respeta el acuerdo original. El leñador acepta los términos, realicemos la transacción.

—Ya era hora —contesta la voz del teléfono—. Mañana por la mañana.

—Dice que mañana por la mañana —repite Alain para que el albano le confirme. Pero el albano dice que no con la cabeza. Alain lo mira sin comprender.

—Dile —dice el jefe de los albanos— que será pasado mañana por la noche, en la costa sur, muelle seis.

Alain duda un instante. Hasta hace cinco minutos estaban apurados en realizar el negocio y ahora lo postergan, no entiende por qué, pero debe transmitir el mensaje.

—Me dicen que puede ser recién pasado mañana por la noche en la costa sur, el muelle seis.

—¿A qué estás jugando, muchacho? —pregunta la voz notablemente enfurecida—. Lo necesitamos para mañana.

Alain lo mira al albano, que ha escuchado los gritos que proceden del móvil y niega con la cabeza.

—Lo siento, jefe —dice Alain—. Es como dice el leñador o no es.

Por un instante se hace silencio, y al fin responde.

—Está bien —contesta la voz—, pero dile al leñador que tú deberás estar ahí y que deberás arreglar cuentas conmigo.

La persona al otro lado de la línea corta la llamada y Alain se queda mirando el teléfono. No sabe qué pensar. El comprador le ha asegurado al menos dos días más de vida, ya que lo incluyó a él como parte de la transacción. Cree que los albanos no se arriesgarán a arruinar el negocio solo por matarlo. Sin embargo, Alain no entiende qué pretenden de él, para qué lo quieren.

—¿Escuchaste? —pregunta Alain.

El jefe de los albanos asiente.

—Está hecho entonces —dice el hombre, guardando la pistola que aún sostenía en la mano—. Parece ser que debemos mantenerte con vida dos días más. Pero no nos pidieron que te mantengamos en una sola pieza.

Dice algunas palabras en albanés y sus compañeros se ríen.

—Pensé que —continúa—, tal vez, habría alguna forma de que nos reembolses los costos que nos has causado. Pero ¿cómo ponerles precio a las vidas de mis compañeros? La única forma de pagarlas sería con tu propia vida. Pero creo que tu vida ya no te pertenece, así que no me la puedes dar. Por otro lado, quitarles tu vida a sus nuevos dueños sería un robo, y no somos ladrones. Así que dime, ¿crees que un dedo por cada vida que nos quitaste es un precio justo?

Alain no dice nada. Se queda quieto, sabe que cualquier cosa que diga puede empeorar la situación. Sin embargo, no hace falta que diga nada. Otro puñetazo devastador lo arroja por el suelo. Al no estar atado a la silla, no hay nada que lo sostenga.

—¡Tus miserables dedos no valen un centavo! —le grita el albano casi encima de él—. Y lo que le hayas prometido a ese yanqui tampoco me importa una mierda.

Alain, con el rostro a unos centímetros del suelo, ve

su propia sangre caer en un charco. Está mareado por la golpiza, no sabe si los albanos cumplirán su palabra de entregarlo con vida o solo han jugado con él para ultimarlo allí mismo. Toca su sangre en el piso con la mano también ensangrentada y parece que garabatea algo con ella, pero una patada lo deja sin sentido.

MAÑANA SEGUIRÁ VIVO

EN ALGÚN LUGAR de Nueva York
  Jueves, 14 de octubre
  11:00 p. m.

LA CALLE ESTÁ VACÍA. Avanzo en la moto hacia el lugar que indica la aplicación de Andrew. Soy afortunada en tenerlo en mi equipo, siempre tiene una respuesta positiva a cada uno de mis requerimientos. No importa lo que le pida, de una u otra manera, encuentra una solución. El rastreador que le colocó a la Game Boy me está llevando directo a Alain. Ahora me toca a mí hacer lo necesario para rescatarlo. Tal vez lo que me faltó desde el principio en el equipo fue alguien como Dexter. Si tuviera a alguien así, no tendría que estar haciendo esto sola. El único que puede cumplir esa función es Freddy, pero está limitado por su trabajo en el FBI. Más en estas circunstancias, que no sé para quién está jugando. Dicha duda me causa más dolor que otra cosa. En su momento, apenas empecé a trabajar con él, también dudé de su lealtad, pero me equivoqué. Espero equivocarme de nuevo.

Ya casi llego al lugar. Verifico mentalmente estar preparada. Tengo dos pistolas, un cuchillo y dos granadas. Debería ser suficiente. Detengo la moto a cien metros del sitio para pasar inadvertida. Reviso el móvil y compruebo que el objetivo sigue en su sitio. Deseo estar a tiempo. Hay muchas cosas que aún no comprendo y no sé lo que podría encontrar. Alain me ha estado engañando todo este tiempo, por lo que su secuestro podría deberse a distintas razones y terminar en diferentes consecuencias, algunas de ellas, mortales.

Veo a lo lejos que no hay movimientos. Es un almacén en la zona industrial. Es lógico que no haya público circulando a esta hora, pero debería haber vigilancia por parte de los criminales, y no la encuentro. Desenfundo mi vieja Smith & Wesson y comienzo a caminar con precaución. Agudizo mis sentidos a medida que me acerco, podrían estar parapetados en cualquier lado. Sin embargo, pareciera que aquí no hay nadie. Reviso otra vez el móvil, la señal sigue firme, está ahí dentro.

Entrar por la puerta del frente sería muy arriesgado, así que rodeo el edificio. Veo una ventana a una altura considerable. Un tubo de desagüe pasa junto a ella. Sonrío. Guardo mi arma en la funda que llevo bajo la axila y me acerco a la pared. Me aferro con las dos manos del tubo y comienzo a subir con facilidad. Llego hasta la ventana, está trabada. Me sostengo con la mano izquierda en la junta del tubo. Saco el cuchillo que llevo en la pierna y manipulo, con la mano derecha, el herraje de la ventana. ¡Bingo! La traba cede. Guardo el cuchillo, abro la ventana y entro. Está oscuro. Estoy en una especie de balcón interno o pasillo metálico que conduce por un lado a una oficina y por el otro a una escalera que desciende a la planta baja. Aquí no hay nadie. Decido ir hacia la oficina. La puerta está cerrada. Ya no tengo por qué andar con sigilo, así que pateo la puerta, que se abre de par en par. Enciendo la luz. No hay nada llamativo. Un escritorio con papeles y un ordenador. Un par de sillas y un sofá enfrente contra el ventanal, desde el que se puede ver todo el local. Sigue estando muy oscuro allí debajo. Miro a mi alrededor y encuentro una palanca que parece encender el circuito eléctrico. Me acerco a ella y la subo. Tras un ruido metálico, las luces de todo el lugar se encienden. Veo cajas de cartón apiladas y…

—¡Demonios!

Veo un cuerpo en el suelo. Salgo desesperada. Mis pasos se escuchan como un tambor metálico que suena cada vez más fuerte. Una vez abajo, corro hacia el cuerpo y de inmediato me doy cuenta de que no es Alain. Es un hombre obeso. Tiene lo que queda de su rostro cubierto por una bolsa que ahora se ve roja por el charco de sangre en el que se encuentra. Ni siquiera reviso sus signos vitales, es obvio que está sin vida. Supongo que es el *hater*, pero no le quitaré la bolsa para verificar su identidad, no me interesa. Miro alrededor, buscando algo que me dé indicios de la situación de Alain. Encuentro la Game Boy. Lo voy a patear, pero me detengo. Observo que a un par de metros hay otra mancha de sangre.

—Alain.

Me acerco y me pongo en cuclillas. Veo entonces algo en la mancha de sangre que no parece azaroso. La rodeo y, efectivamente, parece algo escrito: M7. No sé qué significa o si realmente es un mensaje y no algo casual. Pero no tengo más pista que esa. Lo único que puedo hacer es esperar que Alain siga con vida. Que no esté su cuerpo junto al de este hombre me dice que sigue vivo. Podrían haberlo ejecutado aquí mismo, como lo hicieron con el *hater*, si lo hubieran querido muerto, pero no fue así. De algún modo, les sigue siendo útil. Debo hallarlo antes de que deje de serlo.

Sótano de Andrew, Brooklyn
Jueves, 14 de octubre
11:30 p. m.

Paso en la moto por la puerta del sótano y tampoco veo a nadie. Esperaba encontrar a alguno de los captores de Alain para poder interrogarlo. Según había dicho Andrew, los delincuentes los habían estado esperando afuera del sótano, por lo que el lugar dejó de ser seguro. Sin embargo, lo que estoy viendo confirma lo que suponía, al haber atrapado a Alain, mi equipo ha quedado fuera del radar de esta gente. De todos modos, detengo la moto a la vuelta y voy hasta el sótano, caminando. Estoy alerta por si algo se me ha escapado, pero a aquella hora la calle está totalmente desierta. Si hubiera algún peligro, ya lo habría visto. Llego hasta la entrada, bajo la escalera y reviso la puerta, no está forzada. Saco mis llaves y entro. La luz está encendida, así que puedo ver bien el lugar. Entro y cierro. Camino al centro de la sala. Suspiro. No tengo idea de dónde puede estar Alain, ya es tarde y no hay mucho que pueda hacer. Mis amigos merecen descansar y yo no tengo muchas opciones. Si Alain sobrevivió a esta noche, mañana seguirá vivo. Veo los restos de comida sobre la mesa, no me molesto en levantarlos. Voy hasta el sofá y me recuesto. Mis ojos se apagan.

24

MALDITO FREDDY

Piso de Junior, Manhattan
Viernes, 15 de octubre
10:00 a. m.

Andrew, Junior y Kim se encuentran sentados a la mesa. Están en silencio. Los tres llamaron por teléfono a Ainara, pero su móvil estaba apagado. No saben qué pasó anoche con Alain, pero al no tener ninguna noticia, suponen lo peor. Kim mira su tasa llena de café, la sostiene hace unos minutos con las dos manos.

—¿Quieres que caliente tu café? —le pregunta Junior.

Kim lo mira y tarda en reaccionar. Vuelve a mirar el café y lo prueba.

—Sí, por favor —dice Kim con una sonrisa forzada y le extiende la taza. Junior la recoge y camina hacia la cocina. Suena el timbre. Junior se detiene y mira a sus compañeros, quienes le responden la mirada, están expectantes. Junior apoya la taza sobre un mueble junto al televisor y va hasta el portero eléctrico. Observa la cámara.

—Es Ainara —dice mientras presiona la tecla para abrir la puerta. Ainara entra al edificio y tanto Andrew como Kim se ponen de pie. Los tres se acercan a la puerta, ansiosos. Vuelve a sonar el timbre, esta vez el de la puerta del piso. Junior se acerca y la abre. Ainara está allí parada sin Alain. Entra y camina hasta Andrew. Se mete la mano en el bolsillo y saca algo que le extiende al *hacker*. Es la Game Boy. Al fin, ella habla.

—Alain ya no estaba allí.

EL CAFÉ que hace Junior está realmente bueno. Nunca había estado en su casa. Al parecer, es aficionado y conocedor del tema. Tiene varias cafeteras de distinto estilo, francesa, italiana, y eso es todo lo que sé. Las demás que veo en un estante de la cocina, ni siquiera sabía que existían.

Observo a Junior y al resto de mi equipo, me doy cuenta de que no los conozco como debería. Supongo que la distancia que he puesto entre nosotros se debe a mi historia. He perdido a mucha gente. Cuanto más me acerco a alguien, más posibilidades tengo de perderlo. Por eso es que no me extraña lo que sucede con Alain. Si bien no tuve tiempo de encariñarme con el muchacho, el afecto que tenía por su padre me hace sentir responsable de su seguridad. Otra vez fallé. Otra vez perdí a alguien.

—Lo más probable es que Alain siga con vida —dice Junior mientras vuelve a sentarse a la mesa. Es como si hubiera leído mis pensamientos y tratara de darme esperanzas. Creo que ellos me conocen más a mí de lo que yo los conozco a ellos—. Si no lo mataron anoche, probablemente lo necesiten para realizar la transacción.

—Debemos averiguar dónde y cuándo realizarán el intercambio —interviene Kim poniendo su cuota de practicidad—. Si conseguimos esa información, sabremos dónde estará Alain y podremos rescatarlo.

Lo que dice Kim es acertado, sin embargo, no tenemos por dónde empezar a buscar.

—Dices que en el suelo decía M7, ¿verdad? —Ahora es Andrew quien parece leerme la mente y encontrar pistas donde no las hay. Ese M7 podría significar cualquier cosa—. Si suponemos que eso señala el lugar, ya que para ser una fecha deberíamos ir hasta mayo siete, lo cual es mucho tiempo, debemos buscar los posibles sitios que coincidan.

—Podría ser en cualquier lado —digo con pesimismo.

—Tal vez no —me corrige Andrew mientras trabaja con el portátil que le trajo Kim—. Las armas pueden estar ya en un depósito o en camino. Si están llegando, lo pueden hacer en camiones, barcos, aviones o trenes. —Veo como Andrew se concentra, él mismo funciona como un ordenador—. Si esta transacción se realiza en Nueva York o sus alrededores, tenemos más o menos…

—Todos estamos atentos a lo que dirá—: Cien, ciento

cincuenta opciones de sitios que coinciden con las siglas M7.

—Es demasiado —digo continuando con el pesimismo—, no podemos cubrir tantos lugares.

—No —confirma Andrew—, a no ser que consigamos la fecha. Si averiguamos cuándo, las posibilidades se reducirían a algo más manejable.

—Es necesario entonces conseguir ese dato —dice Junior, sumándose a la búsqueda—. Revisemos lo que sabemos para ver dónde podemos encontrar esa información.

Advierto como todos ponen lo suyo para resolver este problema y veo que soy la única que no aporta nada. Debo cambiar mi actitud.

—Tiene razón Junior —digo—. Tenemos el depósito donde estuve anoche, habría que investigar a quién pertenece o quién lo renta. Tal vez eso nos lleve a algo.

—Está la tienda de electrónicos de los albanos —dice Kim—. El hombre que me atendió ayer en ese lugar estaba más tarde con la gente que secuestró a Alain.

—Bien, Kim —la felicito porque comienzo a ver una posibilidad en esa pista—. Esa es la punta más fuerte que tenemos. Yo misma iré allí a investigar, puede ser peligroso.

—Yo insisto con el *hater* —dice Andrew y lo miro, el hombre está muerto—. Si asumimos que las armas irán hacia los supremacistas, estoy seguro de que el *hater* tenía alguna información. Debo conseguir uno de sus dispositivos. Hay que ir nuevamente a su casa. Vengo rastreando la información policial y aún no han descubierto su cadáver, por lo que no habrá problema para ingresar a su vivienda.

—Está bien —le digo preocupada—, pero debemos tener cuidado. Por lo que me has dicho, esa zona es un caos.

—Hay algo que no me cierra —irrumpe Junior, pensativo, y todos hacemos silencio—. ¿Por qué?

—¿Por qué, qué? —le pregunto al no entender a qué se está refiriendo.

—Hasta ahora —comienza a explicar—, sabemos que los albanos están vendiendo armas, suponemos que la CIA las está comprando y creemos que irán a parar a los supremacistas. La pregunta es por qué la CIA le daría armas a los supremacistas. ¿Se las cobrará o se las dará gratis? Porque si le cobra las armas a los supremacistas, estaríamos hablando de un negocio, pero si se las dan gratis, se estaría tratando de algo político.

—Si se tratara de un negocio —me arriesgo a decir, buscando una conclusión lógica—. ¿Quién se estaría llevando el dinero? Es poco probable que la CIA se maneje como una empresa, me inclino más por la hipótesis de la política. La CIA siempre ha respondido a los políticos de turno. Pero esto me supera, no tengo nadie que conozca de eso.

—Yo sí —dice Junior—. Una amiga mía es diputada por Nueva York. Puedo preguntarle a ella sobre la situación, algo debe saber. Una cosa es lo que sale en los medios y otra muy distinta es la información que manejan los políticos.

Bien. No es mucho lo que tenemos, pero es algo con lo que podemos trabajar. El factor tiempo es fundamental. Si llegamos tarde, después de que se haga la transacción, la vida de Alain tal vez no valga nada. Si contáramos con Freddy, podríamos acceder a datos más específicos. Pero prefiero no pensar más en él. ¡Maldito Freddy!

25

BLANCO SOBRE NEGRO

*Oficinas del **FBI**, Nueva York*
Viernes, 15 de octubre
11:00 a. m.

FREDDY FUE HOY A TRABAJAR COMO si nada. Cuando llegó, Philip lo saludó igual que siempre, no han tenido contacto desde entonces. Tanaka decidió que debería dedicarse al caso que tenía asignado y dejar de lado el tema de Dexter por el momento. Sabía que su jefe tenía un ojo sobre él y no quería levantar sospechas. Bastantes riesgos había corrido ayer al volver a la oficina después de hora. Solo esperaba que Nash no se enterara.

Freddy se levanta de su escritorio y va por un café. Tiene sueño. Anoche casi no durmió. Pasaron demasiadas cosas, todas muy intensas, y su mente no logró detenerse. El encuentro con los excombatientes le dio mucho en qué pensar. Otra cosa que hizo que diera vueltas en la cama fue darse cuenta del desinterés que ha mostrado el FBI con los acontecimientos que están sucediendo a diario. Sí mostraron interés como para iniciar una investigación sobre los exmilitares amigos de Dexter, que en definitiva, aún no han hecho nada, pero sobre la toma de calles, protestas y violencia racial, sobre eso no hacen nada. Freddy cree que, de alguna manera, todo está relacionado. Están ocultando algo que es mucho más grande de lo que se hubiera imaginado. La muerte de Dexter fue solo un eslabón más de esta cadena de encubrimientos. La extraña relación entre Nash y Morgan apunta a lo mismo. Cuando repasa las veces que los vio juntos, que no fueron muchas, notó la molestia en su jefe. Pareciera que a Nash no le agradara tener que lidiar con aquel hombre, pero probablemente no tenga ninguna alternativa. Esto conduce a una sola conclusión lógica, que Nash está obligado a colaborar con Morgan. Por lo que estaría tratándose entonces de una instancia mayor, alguien por encima de él que lo fuerza a hacer lo que sea que hace con Morgan.

Freddy se lamenta por no poder ayudar a sus amigos. Pero debe mantenerse así, tiene claro que el FBI, o al menos su jefe, está involucrado en algo turbio, por lo que debe moverse con cuidado. Pero que tome precauciones no significa que no haga nada. Su intención es descubrir qué se traen Nash y Morgan. Si son dos lobos solitarios haciendo negocios, buscará pruebas que los incriminen para denunciarlos. Pero si, como cree, esto va más allá de ellos dos… Entonces, no tiene idea de cómo continuar.

—Tanaka —escucha decir al jefe desde la puerta de su oficina. Continúa caminando con el café en la mano hasta llegar al escritorio de Nash, que ya se ha sentado y lo espera en silencio.

Freddy se sienta frente a Philip y aguarda, no sabe con qué se encontrará.

—Tenemos un sospechoso del caso que estás investigando —le informa el jefe—. Deberás ir a interrogarlo.

—Bien, jefe —contesta Freddy—. ¿Dónde lo encuentro?

—Está siendo trasladado desde Los Ángeles —le explica Nash y Freddy escucha con atención, no sabía nada del presunto sospechoso, ni de dónde lo traerán—. Tiene una causa pendiente en Virginia, llegará allí mañana por la mañana. Puedes ir a interrogarlo a la penitenciaría federal en Virginia a las trece horas. Así que tal vez puedas salir para allá hoy a la noche, pero te recomiendo que salgas al mediodía y pases la noche allá.

Freddy se le queda mirando al jefe sin decir nada, ni siquiera bebe el café que se está enfriando en su mano derecha.

—Te enviaré un correo con toda la información —le indica Nash sin darle margen a decir nada—. Te cubriremos el combustible, hotel y comida. Tómalo como unas vacaciones pagas.

Freddy lo sigue mirando sin saber qué hacer. En otro momento se hubiera quejado, no le resulta agradable tener que viajar ocho horas de ida y ocho horas de vuelta. Ni siquiera sabe de dónde salió este sospechoso ni cuán involucrado está con su caso. Pero no puede decir nada. Entiende que su jefe lo está alejando de la ciudad adrede, lo que implica que no confía en él. Lo único que saca en claro de todo esto es que algo va a suceder entre hoy y mañana que amerita tenerlo lejos.

—Bien, jefe —dice al fin, poniéndose de pie para salir de aquella oficina. Comprende que Nash ha dicho todo lo que tenía para decir y no quiere prolongar una situación incómoda—. Termino de hacer un par de cosas y me voy a casa para prepararme y viajar.

Esto representa un problema, no tiene tiempo para averiguar qué es lo que está por suceder. Como mucho, puede salir hoy muy tarde o mañana por la madrugada, lo que le da un margen de hasta quince horas de acción. Si su jefe cree que ya partió, tendrá libertad de movimiento y tal vez, cuando sepa algo, podrá comunicarse con Ainara. Mientras crean que está en otra ciudad, nadie lo conectará con lo que está pasando. Por el momento debe ponerse en marcha, estudiar primero la información que le proporcione su jefe sobre el sospechoso y, luego, buscar una pista que le indique lo que sucederá. Recién entonces sabrá si puede comunicarse con Ainara o no.

Piso de Junior, Manhattan.

Ainara y Junior salieron. Andrew trabaja en el ordenador y Kim mira su teléfono. Está impaciente, así que trata de distraerse con TikTok. Sin embargo, ninguno de los videos que la aplicación le presenta alcanza para cambiar su humor. Es que todos en el equipo tienen una tarea que realizar, excepto ella. En otra situación, esto no la hubiera afectado tanto, pero dadas las circunstancias, en que las herramientas que tienen son tan escasas, se siente impotente. Piensa en sus opciones y no encuentra ninguna. Les dijo a sus compañeros que podía ir a la casa del *hater* a buscar el dispositivo que necesita Andrew, pero todos se negaron. Le dijeron que era demasiado peligroso. Aparte de eso, no hay nada más que hacer. Deja de observar el teléfono y suspira. Mira a su alrededor buscando una respuesta. Repasa cada uno de los encargos de sus compañeros y se da cuenta de lo bien que les vendría contar con Freddy. Es entonces cuando tiene una idea. Tal vez sea el momento de que alguien hable frente a frente con Tanaka. Necesitan saber de qué lado está. El tiempo corre.

Kim se pone de pie y recoge su cartera.

—Salgo —le dice a Andrew.

—¿A dónde vas? —pregunta Andrew con curiosidad, pero sin dejar de mirar la pantalla.

—Voy a poner blanco sobre negro —responde Kim y sale del lugar. Andrew se queda pensando en las palabras de su amiga. No entiende y sigue con su ordenador.

26

NUESTRA VIDA NO VOLVERÁ A SER IGUAL

Central Park, Manhattan
  Viernes, 15 de octubre
  11:30 a. m.

JUNIOR SE HALLA FRENTE a Central Park, en la puerta de un lujoso edificio. Se anuncia en la seguridad y, luego de unos segundos, le permiten el ingreso.

Allí vive Eva Longobardi, la diputada amiga de Junior. Él la llamó hace una hora y consiguió coordinar una entrevista. Mientras sube en el ascensor hacia el *penthouse*, piensa en el tiempo que hace que no se ven. Fueron compañeros en la universidad y tuvieron un breve romance. Pero en ese entonces ya iban a distintas preparatorias. La educación de Eva siguió su curso por instituciones caras y prestigiosas, preparándola para la carrera política que su padre, como importante empresario con muchos recursos, le había planeado.

Se abre la puerta del ascensor y Junior sale a una recepción. Pronto se ve un movimiento en la entrada del piso. Aparece un hombre de traje.

—Buenos días —dice este al acercarse a Junior—. Disculpe la molestia, por favor.

El hombre tiene un detector de metales portátil. Lo arrima al cuerpo de Junior y lo recorre de arriba abajo.

—Muchas gracias, señor —dice al terminar el proceso—. Ya puede ingresar.

Junior agradece, inclinando la cabeza, y apenas cruza el umbral se encuentra con la diputada. Ella está parada a un par de metros. Está vestida y peinada de manera muy elegante. Junior la ve y considera que su estatus le queda muy bien, sigue siendo tan bella como cuando era joven. Él sonríe y ella le responde con otra gran sonrisa.

—Eva.

—Junior.

Luego de llamarse por sus nombres como si acabaran de reconocerse, los dos comienzan a caminar hasta darse un fuerte abrazo. Al separarse, se toman de las manos.

—Cuando mi secretaria me dijo que estabas al teléfono —dice la diputada—, me sorprendió que aparecieras después de todos estos años. No sé qué es tan importante como para que te presentes aquí, pero me alegro de que hayas venido.

—Sabes que fuiste alguien muy importante en mi vida y tengo hermosos recuerdos —responde Junior—, precisamente por eso es que nunca te molestaría si no fuera imprescindible.

—¿Tan serio es? —pregunta ella.

—Eso es lo que quiero averiguar —responde él.

La mujer suelta suavemente sus manos y le indica que la siga. Pasan a la sala y se sientan en unos cómodos sillones. Junior ve una foto sobre la mesa ratona, aparece ella junto a un hombre y dos niños. Eva advierte lo que está viendo y se apura a explicar.

—Es mi marido, John, y mis hijos, Charlie y Francis.

—Tienes una hermosa familia.

—Gracias —responde ella—, soy muy afortunada. Pero dime, qué te trae a mi puerta.

—En realidad —dice Junior—, he venido en busca de respuestas. Formo parte de un equipo con el que tenemos una agencia de investigación privada. El caso que estamos investigando ha tenido ramificaciones inesperadas. De hecho, nadie nos contrató, sino que un amigo nuestro murió de manera sospechosa.

—Lo siento mucho.

—Gracias —prosigue Junior—. Ese amigo era Dexter O'Sullivan. ¿Has escuchado hablar de él?

—Es el exmilitar que se suicidó, ¿verdad?

—Ese es el problema, no se suicidó —explica Junior—, lo asesinaron. La CIA está implicada y el FBI ha ocultado todo.

—Estás haciendo graves acusaciones —dice la diputada, poniéndose más seria.

—Y solo estoy comenzando —afirma Junior, redoblando la apuesta—. Se trata de venta de armas.

Junior saca del bolsillo de su chaqueta una copia del documento que obtuvo en la casa de Dexter. Se lo alcanza y ella le da una rápida mirada. Luego lo vuelve a mirar a Junior, pero esta vez con el documento en la mano.

—Como dije antes —insiste la diputada blandiendo los papeles—, esto es muy grave.

—Pero es aún peor, esas armas probablemente terminen en manos de los supremacistas.

—¿De qué hablas?

—Mira, Eva, todavía no tengo la imagen completa, y por eso vine a verte, pero estamos seguros de que la CIA compra armas del extranjero para distribuirlas entre los supremacistas. Sabemos quiénes son los vendedores, sabemos quién es el coordinador de la transacción y estamos seguros de que son para armar a los fanáticos. Pero esto no se trata solo de dinero, hay un componente político que no logramos descifrar, por eso vine a verte. No sabemos quién está detrás de todo esto o qué es lo que realmente pretenden.

La diputada se queda pensando en las palabras de Junior.

—Tal vez —dice ella— tu loca teoría de conspiración no sea tan loca, ni tan teórica. Hace meses que vienen pasando cosas muy extrañas. Este resurgimiento neofascista no es algo casual. Y no tiene que ver con republicanos y demócratas, tengo amigos de ambos lados y ellos me aseguran que no son responsables de lo que está pasando.

—¿Entonces quién?

—Sabes que los sistemas políticos no son perfectos, son factibles de manipulación. La democracia es el mejor sistema que existe, pero hay momentos en que puede ser solo una fachada. Algunos pensamos que estamos en uno de esos momentos.

—No te entiendo —la interrumpe Junior.

—Estoy hablando de poderes ocultos, estado profundo o como quieras llamarlo. En el mundo hay gente muy poderosa, antiguas familias, corporaciones, grupos religiosos y organizaciones secretas que sostienen el *statu quo* porque, básicamente, les es útil. Esto hace que vivamos la ilusión de la libertad. Pero es una libertad concedida, que se nos puede quitar cuando alguno de esos grupos decide que el sistema ya no les sirve tal como está. Es entonces cuando empiezan a agitar las aguas en busca de generar algún cambio que solo ellos comprenden.

—¿Y los políticos qué hacen cuando pasa esto?

—Algunos intentamos resistir lo más que podemos —contesta Eva—. Pero en algún momento tenemos que decidir si vamos a perder todo, o ceder y hacer lo que haya a nuestro alcance para que la ciudadanía la pase lo mejor posible. Así que simplemente nos acomodamos a la nueva realidad y al poco tiempo, cuando la tendencia toma el nuevo rumbo, volvemos a vivir en la ilusión de la libertad.

—Son todos cómplices.

—Yo no diría eso. Para que sea así debería haber alguna clase de acuerdo, pero no hay nada. Nadie habla de esas cosas, ni siquiera pensamos en ellas, solo lo tomamos como reglas que uno debe seguir sin cuestionar. Kennedy, Luther King, cualquiera que las haya cuestionado, no vivió para contarlo.

—¿Me estás diciendo que no se puede hacer nada?

—Yo no dije eso —responde Eva sonriendo—. Te expliqué que algunos nos resistimos. El documento que me has traído es algo por lo que puedo empezar. Mañana tengo una sesión extraordinaria en Washington para tratar la crisis por la que estamos atravesando. Hasta ahora pensaba que solo sería circo para que el público crea que estamos haciendo algo, pero con esto… —dice ella mientras vuelve a mirar los papeles— todo puede cambiar.

—Me alegro de haber venido —contesta Junior agradecido.

—Bueno —añade la diputada—, no te pongas muy contento todavía. Necesito saber cada detalle, pero ahora tengo que ir a un par de reuniones. Me temo que deberás venir mañana conmigo a Washington.

—¿Perdón?

—No pensarías que llevaría esta carga yo sola, necesitaré un testigo. Mañana a las catorce horas sale mi vuelo, te espero en el aeropuerto. Es un vuelo privado, así que no es necesario presentar papeles con anterioridad, puedes venir acompañado si quieres. Pon tus cosas en orden, una vez que nos expongamos, nuestra vida no volverá a ser igual.

NO MATARÁN A NADIE

TIENDA DE ELECTRÓNICOS, Brooklyn
Viernes, 15 de octubre
11:30 a. m.

LA TIENDA no está muy lejos del sótano. Dejo la moto a menos de treinta metros de la entrada, me saco el casco y camino hasta allí. Está cerrado. Miro por el vidrio de la puerta y se ve vacío. Me agacho y saco el cuchillo que llevo en la pierna. Me vuelvo a enderezar y con el cuchillo fuerzo la cerradura. Aplico todo mi peso haciendo palanca y ya está. La cerradura cede. Abro apenas la puerta y miro dentro. Todo tranquilo. Rápidamente me introduzco en el lugar y cierro detrás de mí. Me guardo el cuchillo en la cintura. Como me contó Kim, allí está la bandera de Albania, es el sitio correcto. Al ser viernes por la mañana, el negocio debería estar abierto. El que siga cerrado indica que esta gente debe andar ocupada en otra cosa; puede que la transacción por las armas se realice hoy. De ser así, tengo poco tiempo para encontrar a Alain.

Paso detrás del mostrador y reviso unos estantes. No encuentro nada que tenga que ver con el hijo de Dexter o las armas, solo cosas relacionadas con la venta de electrónicos. Hay una puerta al fondo que va hacia lo que debe ser la parte de atrás del local. Camino hacia allí. Cuando estoy a dos pasos, la puerta se abre y aparece un hombre. Es sin duda uno de los albanos. Los dos nos sorprendemos. El hombre me mira por un instante, enseguida reacciona sacando un arma de la cintura. Yo saco mi cuchillo y me abalanzo sobre él. Bloqueo su arma con la mano izquierda, que se dispara hacia el suelo, y le clavo el cuchillo en el cuello. Otro hombre aparece detrás de él y me le echo encima, empujando el cuerpo que se retuerce ensartado con mi cuchillo. Caemos los tres al suelo dentro de la parte de atrás del local y recién entonces veo que tiene una pistola e intenta apuntarme. Saco el cuchillo del cuello del albano, que sigue sacudiéndose, y se lo clavo al otro en el brazo. Suelta su arma. Yo la recojo y veo entrar a otro albano con un rifle de asalto por una puerta trasera. Me arrojo hacia atrás, jalando al hombre que despojé de su arma. Me cubro con él y recibe dos disparos. Yo respondo al fuego una, dos, tres veces hasta que el hombre del rifle cae. Permanezco con el arma en alto unos instantes, esperando a que entre alguien más. No entra nadie, así que retiro el cuerpo muerto de encima de mí y me pongo de pie.

Veo que el primer hombre, al que le clavé el cuchillo

en el cuello, se sigue moviendo espasmódicamente en un charco de sangre. Le disparo en la cabeza para terminar con su miseria y al fin se queda quieto. Miro la escena a mi alrededor. Con un pie, deslizo la chaqueta de uno de los hombres en el suelo. Veo un documento en un bolsillo interior y me agacho para revisarlo. Es un pasaporte de Albania. Lo guardo en el bolsillo trasero de mi *jean*. Le echo otro vistazo al cuerpo y le quito mi cuchillo del brazo. Lo limpio en el suéter del muerto y lo vuelvo a guardar en mi pierna. Me pongo de pie y camino alrededor del lugar. Es un depósito con la mercadería que se vende en el local. Veo en un costado dos cajas de madera que contrastan con los embalajes de cartón que hay en los estantes. Me aproximo a ellas para revisarlas. Una está abierta. Retiro la tapa y veo armas. Son rifles de asalto. Me inclino para ver al otro lado de la sala al último hombre abatido. Tiene un rifle como estos. Me queda claro qué es lo que están traficando. Todas las hipótesis se confirman, se prepara una gran venta de armas albanesas. Sin embargo, esto no me alcanza, no es suficiente para encontrar a Alain. Camino hasta el último hombre caído. La puerta está abierta detrás de él, así que me asomo para ver que no haya nadie más. Da a un callejón. Solo veo una camioneta negra con la puerta abierta, la debe haber dejado así el albano al escuchar los disparos. Arrastro al hombre dentro del lugar, porque tenía parte del cuerpo afuera, y cierro la puerta. Lo reviso también, pero no encuentro nada que me dé una idea de dónde o cuándo será la transacción.

—¡Demonios!

No puede ser que no haya nada. Vuelvo a recorrer el

sitio, revolviendo todo. Arrojo los productos al suelo a medida que busco alguna pista. Encuentro una caja con papeles, documentos de todo tipo.

—No tengo tiempo para esto.

Agarro la caja y comienzo a ir hacia la parte delantera del local, pero me detengo. Miro las cajas con armas. Voy hasta ellas. Cierro la que había abierto, apoyo la caja de cartón encima y levanto la caja de madera. Es pesada, pero me arreglo para llegar hasta la puerta trasera. Salgo a la calle y meto las cajas en la camioneta. Escucho a lo lejos una sirena de la policía, debo apresurarme. Subo a la camioneta, no tiene las llaves. Vuelvo a entrar a la tienda porque recuerdo haber visto las llaves en uno de los cuerpos. Las encuentro y salgo de nuevo. Arranco y doy marcha atrás. Cuando llego a la calle, giro y avanzo. Al llegar a la esquina, cruzo a un patrullero que viene a toda velocidad. Miro por el espejo retrovisor que se detiene frente al local y los oficiales salen con las armas en alto.

No sé si lo que me llevo servirá para algo, pero al menos hay tres delincuentes que no matarán más a nadie.

---

*Oficinas del **FBI**, Nueva York*
Viernes, 15 de octubre
12:15 p. m.

. . .

—Buen fin de semana —le dijo Freddy a la recepcionista de las oficinas del FBI.

—¿Terminó temprano hoy, detective Tanaka? —preguntó la chica.

—No es tan así, Mary —respondió Freddy, que aprovechó el diálogo para establecer su coartada—. Tengo que viajar a otro estado de urgencia para interrogar a un sospechoso, es algo inesperado. Así que saldré ya mismo y pasaré el fin de semana manejando.

—Uhh, qué mal —responde la recepcionista—. Que tenga buen viaje entonces.

Freddy fue hasta la cochera, pero no subió a su vehículo, salió caminando y tomó un taxi. Bajó del taxi a pocas cuadras, en una tienda de artículos especializados para investigación. Es uno de los pocos lugares en la ciudad donde se pueden conseguir elementos de vigilancia de manera legal. Ahí compró un rastreador que se conecta a la red de telefonía digital y un micrófono para escuchar a distancia. En otro momento se los hubiera encargado a Andrew, pero hoy no contaba con ese recurso.

Vuelve a la cochera de la oficina y, antes de subir a su coche, pasa por el de su jefe. Se acuclilla junto a la parte trasera del vehículo, enciende el rastreador y lo coloca debajo del parachoques. Prende la aplicación del móvil y le aparece el símbolo que indica que está buscando el dispositivo. «Dispositivo encontrado». Listo, ya están emparejados. El aparato tiene carga para diez horas, Freddy espera que sea suficiente. Su idea es seguir a Nash cuando salga de la oficina. Cree que hay algo que sucederá pronto, por lo que es muy probable que su jefe esté involucrado y lo pueda guiar hasta allí. Es casi un tiro al aire, pero tal vez dé en el blanco.

Luego va hacia su coche, se sube y sale como si nada. Recorre una calle, dobla en la esquina y se detiene. Mira su móvil, el coche de Nash sigue donde debería. Ahora a esperar.

28

SE VAN LOS TRES

Oficinas del FBI, Nueva York
Viernes, 15 de octubre
01:00 p. m.

Kim llega a las oficinas del FBI, está decidida a hablar con Freddy y aclarar las cosas para bien o para mal. Una de las normas del equipo era dejar afuera a los familiares, trabajos o actividades independientes de cada uno. Esto era algo que había establecido Ainara desde el principio como condición para trabajar juntos. Obviamente, Kim estaba violando esa norma al presentarse en el trabajo de Freddy, pero no tenía alternativa, alguien lo tenía que hacer. Entra al edificio y va directo a la recepcionista.

—Buenos días —dice sonriendo—. Mi nombre es Kim Wong, estoy esperando a mi primo. Habíamos quedado en que lo pasaba a buscar para salir a almorzar, pero no me responde las llamadas, algo le debe haber sucedido a su teléfono.

—Buenos días —contesta la recepcionista—. ¿Su primo trabaja aquí?

—¡Uh! Discúlpame —contesta Kim, llevándose la mano a la frente—. Qué tonta he sido. Mi primo se llama Freddy Tanaka, debí haberlo dicho de entrada. ¿Puede usted llamarlo a su interno y avisarle que lo estoy esperando?

—¡Ah!, sí —dice la recepcionista, apenada—. Lo lamento, pero el señor Tanaka ya se ha ido, acaba de salir.

—¿En serio? Me dejó plantada —dice Kim haciéndose la enojada—. Iré a su casa a buscarlo y tendrá que darme muchas explicaciones.

—No creo que lo encuentre —la interrumpe la chica—. Cuando salió me dijo que debería realizar un viaje de trabajo inesperado, ya debe estar en la carretera.

Kim se la queda mirando. La frustración asoma en su rostro y por poco abandona su personaje. Pero pronto reacciona para cerrar su acto.

—Ya verá cuando vuelva.

Piso de Junior, Manhattan
Viernes, 15 de octubre
02:00 p. m.

. . .

Andrew y Junior revisan los papeles que traje de la tienda de electrónicos. La caja de madera con los rifles está también sobre la mesa. Estoy sentada comiendo una porción de *pizza*. Suena el timbre y Junior se levanta para atender.

—Es Kim —dice y va a abrir la puerta. Nadie sabe dónde estuvo ni qué hizo. Espero que tenga más información sobre Alain que la que conseguimos nosotros.

Kim ingresa a la sala con una gran bolsa en la mano. Da dos pasos y se detiene. Me mira. Levanta la bolsa para mostrármela.

—Te traje ropa —me dice mientras me mira de arriba abajo. Yo también me miro a mí misma y comprendo la expresión en el rostro de Kim. Estoy bañada en sangre—. ¿Estás bien?

—Yo sí —le respondo—, pero no puedo decir lo mismo de ellos.

Ella hace una mueca de resignación y se acerca. Corre la caja de *pizza* y apoya la bolsa sobre la mesa.

—Este lugar es un desastre —dice Kim al ver todo lo que está desparramado—. ¿Qué es todo esto?

—Son documentos que traje de la tienda de electrónicos —le explico.

Ella les echa un vistazo y coge una porción de *pizza*.

—Ve a cambiarte —me dice cuando termina de masticar y me extiende la bolsa.

La recibo, me pongo de pie y voy hasta el baño a cambiarme. Cuando entro y me miro en el espejo, entiendo el gesto de mi amiga. No solo mi ropa está bañada en sangre, también mi rostro y cabello lucen rojizos. Lo mejor será bañarme.

Cuando salgo del baño, con el cabello mojado y reno-vada, veo que Junior me sonríe sosteniendo un papel en alto.

—¿Qué es eso? —pregunto.

—Es una nota escrita detrás de un *ticket* de comida rápida —me explica—. Está en albanés, pero ya lo tradu-jimos y dice: «juntar a todos, sábado 18 horas».

—¿Creen que se refiera a la transacción? —pregunto dudando.

—El *ticket* es de ayer a última hora —argumenta Junior—. Si anoche coordinaron la transacción luego de secuestrar a Alain, esta nota lo confirmaría.

—¿Qué crees, Andrew? —le pregunto y levanta la vista de su ordenador—. Dijiste que si cubrimos la variante de tiempo, podrías encontrar el lugar.

—Sí —contesta Andrew—. Dame unas horas y podré reducir las posibilidades a un puñado de lugares.

—Bien —digo y me vuelvo a Kim—. Gracias por la ropa. ¿Averiguaste algo más?

Kim duda un instante, pero luego comienza a hablar.

—Fui a ver a Freddy.

Sus palabras me sorprenden, no dijo nada al respecto. Supongo que hizo lo correcto. Esta situación tiene que terminar: Freddy debe definir de qué lado está.

—¿Qué te dijo?

—Nada —responde—. No lo encontré, me dijeron en su oficina que salió de la ciudad.

Ya está. Debemos olvidarnos de Tanaka. Es doloroso, pero no podemos confiar ni contar con él.

—No podemos saber qué sucede con Freddy —digo con tristeza—, pero debemos asumir lo peor. Él tiene sus teléfonos, por lo cual ya nos podrían estar rastreando. Andrew…

—Sí, Ainara —responde Andrew—. Ahora mismo iré a buscar teléfonos nuevos para todos.

—¿Qué hay de ti, Junior? —le pregunto—. Aún no nos has dicho cómo te fue con tu amiga.

—No dije nada porque quería que estuvieran todos —contesta y me preocupa—. Básicamente, me confirmó que hay una movida política detrás de los supremacistas. Pero me dijo que va más allá de una cuestión partidaria. Según ella, hay poderes ocultos que están queriendo hacer algo que ni los políticos saben.

—¿Y entonces? —pregunto. Esto que ha dicho Junior hasta ahora no aporta demasiado, es una teoría más de conspiración.

—El tema es que Eva quiere denunciar la venta de armas en el Capitolio y me pidió que la acompañe a Washington para que la ponga al tanto de todo lo que hemos averiguado.

Con Andrew y Kim nos miramos. No sé si es el momento para que Junior nos deje. Tampoco estoy segura de que esto sirva para algo.

—¿Tú qué piensas? —le pregunto, ya que yo no llego a evaluar esta posibilidad.

—No sé si esto podría ayudarnos en algo con respecto a Alain —aclara Junior—, pero podríamos reivindicar a O'Sullivan, denunciar su asesinato, exponer a la CIA y limitar a los supremacistas.

—¿Confías en la diputada? —pregunta Kim acertadamente.

—Confío por completo en ella —responde con seguridad.

—¿Qué quieres hacer? —le pregunto, dejando la decisión a su criterio.

—Creo que no es lo que esperábamos —contesta—, pero tal vez podamos hacer algo más que vengar a nuestros amigos. Podemos hacer una diferencia.

—¿Cuándo viajarías?

—Mañana a las catorce horas saldría en un vuelo privado.

—*Okey* —digo—. Tenemos hasta mañana al mediodía para trabajar juntos y descubrir dónde será la transacción. Luego de eso, dependerá de mí.

—Me da no sé qué dejarte sin apoyo —afirma Junior con la mirada baja.

—Junior —digo y los miro a los tres—, cuando llegue el momento de las balas, prefiero que estén lejos. Tú también, Kim.

—¿Qué quieres decir? —me pregunta.

—Los albanos saben dónde está el sótano —le explico—, ya te han visto en la tienda y en el coche cuando rescataste a Andrew. No sé cómo terminará mi encuentro con ellos, pero podemos esperar represalias. Junior. —Ahora lo miro a él—. ¿Podrás llevar a Kim y a Andrew contigo?

—Pero… —protesta Kim y Andrew me mira sin entender por qué a él.

—Eva me dijo que podría llevar a quien quiera —la interrumpe Junior.

—Está decidido —sentencio sin admitir discusión—. Se van los tres.

29

ATRAPARLA O MATARLA

Oficinas del FBI, Nueva York
Viernes, 15 de octubre
3:30 p. m.

FREDDY CAMINA hacia su coche con una hamburguesa y una gaseosa. Siente que el teléfono vibra en su bolsillo. Lo saca y desbloquea. Se ha activado la aplicación del rastreador. El vehículo de Nash comenzó a moverse. Freddy corre hasta el suyo y en el apuro se le cae la gaseosa.

—¡Maldición!

Sube al coche, arroja la hamburguesa en el asiento del acompañante y arranca.

El rastreador funciona a la perfección. Lo sigue a dos calles de distancia para no correr el riesgo de ser descubierto. Se adentran en la zona del puerto. Cuando el rastreador indica que el coche se detuvo, Freddy continúa andando hasta frenar a menos de cien metros. Entonces recoge el micrófono de larga distancia que había dejado en el asiento trasero y baja del vehículo. Lleva el micrófono en una bolsa y camina mirando en todas direcciones. Hay mucho movimiento en esa zona porque están en horario de trabajo. Esto le sirve para pasar desapercibido, pero le complica la utilización del micrófono. Llega hasta un lugar desde donde puede ver el coche de Nash. Se oculta detrás de un camión. Lo ve a su jefe, que permanece allí sentado como esperando a alguien. Es entonces que llega otro coche. Es Morgan. Los dos bajan de sus respectivos vehículos. Tanaka vuelve a mirar a su alrededor. Ve trabajadores descargando cajas de un camión cerca de donde se encuentra. Debe arriesgarse y saca el micrófono de la bolsa. Se coloca los auriculares y apunta el largo dispositivo en dirección a Nash y Morgan. Lo enciende y comienzan a llegar distintos sonidos. En un momento escucha la voz de Morgan y estabiliza el micrófono en esa dirección.

—¿Qué pasó con Tanaka?

Es lo primero que escucha Freddy de la boca de Morgan y se sorprende.

—Ya me encargué de él —responde Nash—. Debe estar saliendo del estado en este momento.

—Mañana a las dieciocho horas no quiero a nadie del FBI en este muelle —ordena Morgan—. Encárgate de que así sea.

—*Okey* —responde Nash—. Organizaré algún operativo en la otra punta de la ciudad. Esta zona estará liberada.

Freddy escucha la conversación y comprende que Nash está completamente comprometido con algo ilícito. La versión que le había dado su jefe de una investigación secreta queda, luego de esta conversación, descartada. Freddy no sabe en qué momento su jefe se corrompió, ni tampoco conoce el alcance de su participación, pero comprende que no hay mucho que pueda hacer. Lo más probable es que, en unas horas, él se marche a Virginia a cumplir con lo que le indicaron y se olvide del tema. Lo único que puede hacer es avisarle al equipo de Ainara el horario y la zona en la que sucederá algo importante, probablemente una venta de armas.

—Creo que con esto termino —dice Nash—. No me vuelvas a llamar.

—Tú no terminas hasta que yo te lo diga —lo contradice Morgan de manera amenazante—. Probablemente mañana resuelva uno de tus errores, así que seguirás estando en deuda.

—¿De qué hablas? —pregunta Nash.

—Si todo sale como espero —dice Morgan—, terminaremos con el problema de Ainara Pons.

—¿Qué haces ahí?

Una voz a espaldas de Tanaka lo toma por sorpresa. Se quita los auriculares y mira hacia atrás. Hay dos hombres con ropa de trabajo que se le acercan.

—No es asunto suyo —le contesta Freddy bajando el micrófono como tratando de ocultarlo.

—No nos gustan los fisgones —dice el portuario.

—No quieres tener problemas conmigo —dice Tanaka abriendo su chaqueta para dejar expuesta el arma.

Los hombres se detienen y se miran entre sí. Uno de ellos silba y otros cuatro trabajadores, que estaban veinte metros más atrás, lo miran y comienzan a acercarse.

Freddy vuelve a mirar a su jefe con Morgan, que siguen allí hablando, y sopesa la situación. Está armado y podría con todos esos hombres, pero lo más importante es que no lo descubran. Saca su pistola y le apunta a uno de ellos en la cabeza.

—Quédense donde están —dice mientras comienza a caminar—. Ya me voy.

Los trabajadores lo siguen con la mirada mientras Freddy se apresura en llegar a su coche. Sube y arranca. Se va lo más rápido posible del lugar. Luego de hacer cuatro o cinco calles, se detiene y saca su teléfono. Llama a Junior, pero entra directamente el contestador.

—Lo debe tener apagado —se dice a sí mismo.

Entonces prueba con Andrew. Sucede lo mismo, otra vez el contestador. La única opción que le queda es Kim, ya que no tiene el número de Ainara. Tampoco obtiene respuesta. Esperará un rato y volverá a intentarlo. Ahora irá a su casa a buscar una muda de ropa para salir del estado, pero primero quiere avisarle a Ainara lo que ha escuchado. Planean hacerle algo, atraparla o matarla. Tratándose de Morgan, la segunda posibilidad es la más factible.

PISO DE JUNIOR, Manhattan
Viernes, 15 de octubre

ANDREW ME ENTREGA el móvil nuevo. El mío fue el que configuró más rápido de todos, no tenía muchos contactos que cargar, solo los números nuevos del equipo. Con los demás se demoró un poco más, pero tampoco tardó tanto.

—Me quedé con los chips viejos —aclara—. Una vez que termine todo esto, les pondré las redes sociales y las aplicaciones que tenían antes, pero todas son rastreables, por lo que por el momento seguiremos así, con los móviles limpios.

—¿Qué haremos con estos? —pregunta Junior señalando los teléfonos viejos.

—Lo mejor será meterlos en una bolsa y tirarlos al río —responde Andrew—. Ya borré todo y los volví a la configuración de fábrica. Pero aun así pueden conservar alguna información oculta que nos complique. Siempre nos están vigilando.

—Bueno, yo me encargo —dice Junior mientras junta los móviles en la misma bolsa con la que Andrew trajo los móviles nuevos.

—¿Qué es todo eso que compraste? —le pregunto a Andrew mientras lo veo desempacar artículos electrónicos.

—Todas mis herramientas quedaron en el sótano —me explica—, así que compré adaptadores, cables, un disco externo y otras cosas que necesito para hacer mi trabajo desde donde sea.

—¿No necesitas tus aplicaciones e información? —le pregunto.

—Todo lo básico lo tengo «backupeado» en la red —dice sonriendo—, solo debo conectarme para tener mis herramientas de nuevo.

SIEMPRE PODREMOS APOYARTE

SÓTANO DE ANDREW, Brooklyn
Viernes, 15 de octubre
4:30 p. m.

FREDDY ESTACIONA su coche frente a la entrada al sótano. Mientras iba camino a su casa, volvió a llamar por teléfono al equipo, pero nadie contestó. Al igual que la vez anterior, los aparatos estaban apagados. Fue por eso que cambió de dirección y se dirigió hacia el sótano. Tiene que avisarle a Ainara que le están tendiendo una trampa.

Sigue con las manos en el volante y duda por unos momentos. Sabe que no ha sido claro con sus amigos y que tal vez les haya generado dudas. Pero ahora les explicará todo y las cosas volverán a la normalidad. Sonríe: los extraña y anhela este reencuentro. Ellos comprenderán que era la única forma de seguir colaborando sin perder su trabajo.

Sale del coche, camina hasta la entrada, baja las escaleras y toca el timbre. Nadie responde. Espera unos segundos y vuelve a tocar. Comienza a ponerse nervioso. Entonces toma sus llaves y abre la puerta. Al ingresar, comprueba que no hay nadie. Va hasta la mesa cerca del sofá y ve restos de comida que tienen, por lo menos, dos días. Luego se acerca a los ordenadores y los ve apagados.

—¡Demonios!

En un arranque de impotencia, patea la silla de Andrew.

—¿Qué diablos ha pasado? —se pregunta al comprender que el lugar está abandonado. Difícilmente, Andrew hubiera apagado los ordenadores si no fuera a irse por largo tiempo y, de ninguna manera, Kim hubiera dejado restos de comida fuera del bote de basura.

De repente una idea horrible le viene a la cabeza: «¿Y si Morgan ha capturado a todos para poder atrapar a Ainara?».

—Ese maldito sabe que Ainara nunca abandona a sus amigos.

Freddy se pasa la mano por la cara como queriendo despejarse. Es un muy buen detective, no puede entrar en pánico, tiene que hacer lo que mejor hace, investigar. Mira a su alrededor. No hay rastros de lucha ni la puerta ha sido forzada. Aquí no han capturado a nadie. Los teléfonos estaban apagados, no es que sonaban y nadie atendía. Eso habla de premeditación, de algo preparado. Empieza a hacer memoria. Recuerda que alguna vez hablaron de lo que harían si el centro de operaciones estaba comprometido, simplemente dejarían todo y cambiarían de locación. También harían lo mismo con los teléfonos: los abandonarían y conseguirían nuevos. No tenían un sitio predeterminado a donde ir. Así, si alguno era capturado, no sería capaz de delatar a los demás.

—Han seguido el protocolo de seguridad —se habla nuevamente a sí mismo, pero esta vez más calmado. Sus compañeros son hábiles, no será tan sencillo que los atrapen.

Vuelve a mirar el lugar, pero sabe que no han dejado nada que los delate. «Es bueno que estén a salvo», piensa. Sin embargo, esto le dificultará encontrarlos. Mira la hora en su móvil. Ya es tarde para viajar. Tendrá que salir mañana temprano, así que tiene varias horas aún para encontrar una solución.

Piso de Junior, Manhattan
Viernes, 15 de octubre
5:15 p. m.

—Ya está —dice Andrew y se quiere empujar hacia atrás con las dos manos sobre la mesa. De inmediato se da cuenta de que no puede, no está en su cómoda silla con ruedas. Lo miro, intentando comprender de qué está hablando. Él me mira también a mí y explica—. Reduje los sitios posibles de más de cien a apenas doce.

—Aún son demasiados —opina Junior pensativo.

—Lo sé —confirma Andrew—. Pero si nos dividimos

y empezamos ahora, podemos ir a revisar cada lugar que tenga que ver con la eme y el siete que nos escribió Alain. Supongo que lograremos descartar unos cuantos y reducir aún más las probabilidades.

—Bueno —digo poniéndome de pie. Esto de quedarme sentada sin hacer nada me está volviendo loca —. Ya es tarde y solo tenemos dos vehículos. Mi moto quedó cerca de la tienda de los albanos y la camioneta que usé para volver ya la descarté. Así que no tiene sentido que salgamos los cuatro. Si me prestas tu coche, Kim, yo iré a revisar una mitad de la lista y Junior puede ir a ver la otra.

—Por supuesto —dice Kim y de inmediato me da las llaves.

—Ya les envié por WhatsApp media lista de direcciones a cada uno, están agrupadas por zona para que les sea más fácil y rápido recorrerlas.

—No me siento bien sin poder ayudar —dice Kim —, además mañana me iré a Washington y te dejaré sola, Ainara.

—Kim —le digo con cariño—, escuchaste la conversación que Alain quiso ocultar, descifraste lo del leñador, descubriste que la tienda era de los albanos y lo rescataste a Andrew. Has hecho más que nadie en este caso, no debes sentirte mal por descansar un rato.

—Bueno, Ainara —dice Junior mientras se pone su chaqueta—. Tenemos mucho terreno que cubrir, así que es mejor que nos vayamos ahora.

—Ten cuidado, Junior —le digo acercándome a él—. Cualquier cosa que te resulte sospechosa, te apartas y me llamas. No tienes que ser un héroe esta noche, te necesito mañana en Washington.

—Cuídense los dos —dice Kim—. No te pediré que no seas una heroína, Ainara. Porque es lo que eres y no hay forma de detenerte, pero avísanos de lo que encuentres, siempre podremos apoyarte de una u otra manera.

M 7

ALGÚN LUGAR de Manhattan
  Viernes, 15 de octubre
  11:20 p. m.

EL LÍDER de los albanos entra al lugar, enfurecido, con una pistola en la mano. Alain lo ve venir y sabe que todo puede terminar aquí. El hombre va directo hacia él, que está nuevamente atado a una silla. Al llegar, le da un golpe con la culata en el rostro que le da vuelta la cara.

—Me voy un día y tengo tres muertos —dice el albano a los gritos—. Fueron tus amigos, que siguen metiendo la nariz donde no les importa.

—No tengo nada que ver —dice Alain, sangrando—. ¿Cómo podría desde aquí?

El albano martilla el arma y le apunta en la cabeza a Alain. Sostiene la pistola allí unos instantes, dudando si disparar o no.

—¡Ahhhh! —grita y baja el arma para disparar al suelo—. Si no estuvieras en el medio, ya te habría liquidado. ¿Sabes el dinero que me has costado? Retrasé la entrega hasta mañana porque tus idas y venidas me complicaron todo. Debí mover el cargamento a otra ciudad para evitar a la Policía.

Alain piensa que Ainara está buscándolo. No sabe cuáles fueron las circunstancias, pero está seguro de que fue Ainara quien mató a sus hombres. Se siente mal por haberle mentido. Si sale con vida de esta, hará todo lo posible para reivindicarse.

—Iría ahora mismo a acabar con ellos —dice el albano—, pero no puedo poner en riesgo esta operación. Mañana te entregaré a Morgan y veré qué haré con tus cómplices.

Bahía Sheepshead, Brooklyn
Viernes, 15 de octubre
11:30 p. m.

Esto ha sido más lento de lo que creía. Estoy revisando el tercer lugar de mi lista. Es muy difícil buscar algo que no está ahí. Siendo que la transacción se hará mañana, pude estar en el sitio correcto y no haber visto nada. Pienso que tal vez no tenga sentido ir a los siguientes lugares. He revisado galpones, depósitos y edificios abandonados, pero ni una sola pista.

A esta hora ya no hay nadie en las calles. Eso me da

la libertad de no tener que esconderme, lo cual acelera un poco las cosas, pero no es suficiente. Este es el muelle siete, M7. Ya estuve en una fábrica de ropa llamada Mary Seven y en un taller de camiones llamado Motor Siete. En cada lugar revisé los alrededores, pero nada.

Dejé el coche de Kim aquí cerca y voy revisando los edificios. Todo está cerrado y con las luces apagadas. Entro a un oscuro callejón, hay una puerta al final, pero no hay movimiento. Me acerco, trato de abrirla, pero está cerrada. Tampoco se escuchan ruidos.

—Aquí no hay nada.

Me estoy dando vuelta para regresar al vehículo, pero veo un grafiti en la pared que me llama la atención. Saco mi móvil y lo alumbro. Es una ilustración que muestra dos rifles cruzados con una calavera que imita la bandera pirata, rodeada por una especie de marco hecho con un elaborado patrón de líneas. No sé qué es lo que me atrajo de este grafiti, tal vez los rifles. Entonces me acerco más a la pared y miro el patrón de líneas, se parece mucho al símbolo del leñador que usan los albanos, pero no lo podría asegurar. Me aparto de la pared y veo una ventana a tres metros de altura. Guardo mi móvil y tomo carrera. Corro hacia la ventana y, apoyando un pie en la pared del costado, salto colgándome de la cornisa. Hago fuerza con los brazos para subir y miro dentro. Está todo oscuro, no se ve nada.

Me descuelgo y caigo en cuclillas.

No sé si forzar la entrada y revisar o dejarlo así. Probablemente no sea nada. Siento la vibración de mi móvil en el bolsillo, lo saco y miro el WhatsApp, es Junior.

MIDTOWN, Manhattan

A Junior le tocó comenzar por Manhattan. Ha llegado al tercer sitio y camina por la zona viendo los posibles lugares. Son edificios de oficina. El punto importante es una empresa de logística llamada Murdock 7, M7. Fue lo primero que revisó, pero estaba sin movimiento y todo tranquilo. El edificio está en la esquina, así que lo rodea, y a un costado ve a dos hombres parados. Sigue caminando y evita llamar la atención, pero advierte que los dos hombres lo miran y se llevan una mano bajo sus chaquetas. «Deben estar armados», piensa Junior, pero no puede hacer más que seguir caminando y esperar que no pase nada. Lo hace sin inconvenientes. Llega a la otra esquina, sale del área de visión de los hombres y respira profundo. Es como si hubiera contenido la respiración toda la calle. Se apoya contra una pared y le escribe a Ainara.

—En uno de los lugares hay dos hombres sospechosos —escribe—, probablemente armados. Espero instrucciones.

Junior se vuelve a asomar para verlos de nuevo, pero está muy lejos. Empieza a caminar para dar la vuelta a la manzana y vigilarlos más de cerca. Le suena el móvil, Ainara le ha contestado.

—Pásame la dirección, voy para allá.

185

32

NOS EQUIVOCAMOS DE LUGAR

MIDTOWN, Manhattan
  Sábado, 16 de octubre
  12:20 a. m.

AL LLEGAR a la dirección que me pasó Junior, veo su coche y estaciono justo detrás de él. De inmediato lo veo bajar del vehículo y yo hago lo mismo.

—¿Cuál es la situación? —le pregunto.

—Hay dos hombres apostados frente a una puerta a la vuelta de la esquina —me explica—. No hay otra entrada o salida a la vista ni ha habido movimientos. Solo están esos dos hombres y, por lo que pude advertir, están armados.

—*Okey* —le digo y camino hasta la esquina. Me asomo y veo a los hombres hablando distraídos—. Tú espera aquí, si no salgo en diez minutos o te mando un mensaje, llama a la policía.

—¿La policía? —me pregunta, dudando.

—Sí —respondo y le doy mi pistola de repuesto—. Esto es por si vienen por ti. Pero si no es así, no intervengas. Llama a la policía y apártate.

Junior asiente con la cabeza. No tiene sentido que quiera hacer algo, si yo no puedo con ellos, él tampoco lo hará. Saco mi Smith & Wesson, reviso tener una bala en la recámara y la vuelvo a guardar. Lo miro a Junior, le guiño un ojo y me voy.

Camino directo hacia ellos. El primero que me ve codea al otro y dejan de hablar. Observan como me acerco sin decir nada. Cuando estoy lo suficientemente cerca, puedo ver el bulto del arma en uno de ellos, Junior estaba en lo cierto.

—Hola —digo con mi mejor sonrisa.

—Lárgate de aquí, muñeca —dice uno de ellos mostrándome su pistola, pero no les doy tiempo a que digan nada más. Le pateo los testículos al que me habló y le pego un puñetazo al otro. Saco mi arma y le doy un culatazo en la cabeza al que estaba doblado, sujetándose la ingle, que lo hace caer de rodillas. El otro saca su pistola. Lo tomo de la muñeca y, girando sobre mí misma, le doy un codazo en la nariz, que ya le sangraba producto de mi puñetazo. El hombre trastabilla, mareado, y se apoya en la pared. Entonces lo golpeo en la sien con mi arma, lo que lo termina noqueando. El otro intenta levantarse, pero no le doy tiempo, le pateo la cara y cae definitivamente.

Reviso al que acaba de caer, le quito el arma y la arrojo hacia la esquina. Lo veo a Junior asomado, mirando la escena. Me acerco al otro, recojo su arma y me la guardo en la cintura. Me arrimo a la puerta y la abro apenas hasta poder ver lo que hay dentro. Veo a un joven asiático con una ametralladora colgada al hombro a menos de dos metros. Me resulta raro que haya un asiático con los albanos, pero no tiene por qué ser parte de ellos, puede haber más de una facción involucrada en esto. Debo actuar rápido, no tengo margen de error. Abro la puerta, y mientras el hombre de la ametralladora levanta la vista para mirarme, doy un paso largo y salto sobre él blandiendo la pistola como un mazo y le doy en la frente. Luego lo tomo de la cabeza y le doy un rodillazo en la cara. El ruido de los golpes me delata y veo salir al alguien con una pistola en alto, quien me dispara rozándome el hombro. Respondo el fuego dándole en el pecho. Ya terminó el sigilo. Corro hacia donde venía ese hombre, sacando también la pistola que tenía en la cintura, y al llegar me reciben disparos, a los que contesto con más tiros de ambas armas. Hay al menos cuatro personas disparándome y otras más corriendo a los gritos. Dos de ellos caen de inmediato y yo me arrojo al suelo detrás de un mueble. Los tiros suenan a mi alrededor y veo volar trozos de madera, el mueble no resistirá mucho. También veo polvo blanco en el aire. Parece droga. Se hace un instante de silencio, en el que balas y gritos desaparecen. Permanezco inmóvil. Escucho un paso a mi izquierda y comienzo a disparar. Le doy a uno de los hombres, que con el dedo en el gatillo de su ametralladora dispara en todas direcciones mientras va cayendo. Instintivamente, apunto con mi Smith & Wesson hacia la derecha y disparo, dándole al segundo hombre que me rodeaba por el otro lado. Observo los dos cuerpos y confirmo que también son orientales. Escucho movimientos y susurros. No espero más. Me pongo de pie de un salto, apuntando adelante con las dos pistolas, y no veo ninguna amenaza. Hay tres mujeres también asiáticas, desnudas del torso y con barbijos. Se abrazan entre sí, acuclilladas en un rincón. Hay una mesa delante de mí repleta de droga, tres balanzas de precisión y bolsas plásticas.

—¡Maldición! —exclamo en voz alta. Comprendo de qué se trata todo esto y me doy cuenta de que cometimos un error. Es un antro de drogas, la estaban dividiendo y preparando para la venta. Los delincuentes claramente no son albanos. Esto no tiene nada que ver con lo que estaba buscando. Mejor me voy de aquí. Doy media vuelta y empiezo a caminar. Veo entonces en una mesa al costado varios fajos de billetes de cien dólares. Me guardo dos en los bolsillos y los otros tres los agarro y se los arrojo a las tres chicas que permanecen en el rincón.

—Huyan —les digo y salgo, pasando por arriba de los cuerpos caídos en el pasillo.

Salgo a la calle. Uno de los hombres sigue desmayado en el suelo y el otro ya no está, debe haber corrido. Lo veo a Junior, quien sale a la luz para recibirme.

—¿Qué pasó? —me pregunta mirando detrás de mí advirtiendo, que no encontré a Alain.

—Nos equivocamos de lugar.

33

QUE TENGAN BUEN VIAJE

Piso de Junior, Manhattan
   Sábado, 16 de octubre
   11:40 a. m.

Luego del fiasco de anoche, mi ánimo está cada vez más abajo. Cometí un grave error que le podría haber costado la vida a inocentes. Entré a los golpes y disparos en un lugar que nada tenía que ver con nuestro caso. Afortunadamente, también eran delincuentes armados y peligrosos, una operación narco que terminó mal. Pero podría haber sido una simple reunión de apuestas, un delito menor que podría haber culminado en matanza. Debo ser más cuidadosa.

—¿Estás segura de esto, Ainara? —me pregunta Kim y camina hasta mí. Estamos de pie en la sala del piso de Junior. Ella se refiere a que me dejen sola cuando se vayan a Washington.

—Sí —le respondo con firmeza—, estoy segura.

Es el momento de tomar decisiones. Lo más probable es que no logre salvar a Alain y, luego de haber matado a los albanos en la tienda, es posible que quieran tomar represalias para con mi equipo. No permitiré que les pase nada, así que lo mejor es que estén bien lejos.

—Ya es hora —dice Junior mientras me da una copia de las llaves de su piso, ahora todos tenemos una.

—Llévate esto —le digo, pateando la caja con los rifles que se encuentra en el piso. Junior me mira sin comprender—. Supongo que la diputada necesita pruebas. Esto ayudará.

No sé muy bien si lograrán algo con este viaje, pero cuanto más herramientas tengan será mejor.

De repente, Kim se acerca y me abraza. Le sostengo el abrazo con fuerza. Han sido días de mucha tensión, y es la primera vez que me permito relajarme y mostrar una emoción que no sea furia o pesimismo. Siento una mano en el hombro. Es Junior, que se suma a este encuentro entre amigos. Miro alrededor, buscando a Andrew. Lo encuentro mirándonos, pero baja la cabeza y continúa con su ordenador. Demasiada sensibilidad para él.

CAMINO AL AEROPUERTO, Nueva York
   Sábado, 16 de octubre
   12:50 p. m.

. . .

JUNIOR maneja su coche en dirección al aeropuerto. Eva le había pasado su número de móvil, así que antes de salir le escribió avisándole que iría con dos compañeros y que llevaría una carga especial que debía ver afuera del aeropuerto. Junior sabía que no podía entrar al aeropuerto con las armas, así que le tocaría a la diputada hacer su parte.

—Detente, Junior —dice Andrew de repente. No había dicho nada desde que salieron del piso. Junior lo mira por el espejo retrovisor.

—¿Qué sucede? —pregunta mientras aminora la velocidad, buscando dónde estacionar.

—Déjame aquí, por favor —pide Andrew y Kim, que va en el asiento del acompañante, gira para mirarlo.

—¿Por qué, Andrew? —pregunta Kim preocupada—. ¿Qué pasó?

Junior termina de detenerse y también gira para mirarlo.

—Ainara no lo encontrará —dice Andrew—. No le pude dar la dirección exacta.

—Hiciste lo que pudiste, amigo —dice Kim—. No teníamos ninguna pista firme, nadie hubiera podido hacer más.

—Yo puedo hacer más —afirma Andrew, que parece muy seguro de sí mismo—. Lo dije más de una vez, estoy seguro de que el *hater* tenía información de en dónde se realizaría la transacción. Solo debo ir a su casa a obtenerla.

—No, Andrew —dice Junior—. No puedes arriesgarte a ir allí, ya viste lo que pasó la última vez.

—Exacto —dice Andrew, mirándolo fijo—. Yo perdí

a Alain. Ainara me encargó que lo vigile y lo perdí. Si hubiera ido yo a buscar al *hater* en lugar de él, el muchacho estaría aquí con ustedes en mi lugar.

—No te tortures por ello —dice Kim, tratando de hacerlo recapacitar—. Es imposible saber qué hubiera sucedido.

—Puede ser —contesta Andrew—. ¿Pero creen que Ainara se resignaría y se iría a un lugar seguro si hubiera una posibilidad de salvar a alguno de nosotros?

Junior y Kim bajan la mirada. Saben que Andrew tiene razón. Ainara no se rendiría, seguiría hasta el último momento buscando la forma de hacer algo.

—¿No es acaso lo que está haciendo ahora? —insiste Andrew—. Las posibilidades de que encuentre a Alain son mínimas y sigue intentándolo. ¿Cómo podría irme a Washington sabiendo que puedo ayudarla?

Kim y Junior siguen sin decir nada. Está claro que están de acuerdo.

—Por favor, no le digan nada a Ainara —les pide Andrew—. La idea es facilitarle las cosas, no hacer que se preocupe más. En cuanto tenga la información que buscamos, yo mismo la llamaré. Que tengan buen viaje. Hasta pronto.

Andrew recoge su mochila, baja del coche y mira a su alrededor para saber en dónde se encontraba exactamente. Piensa que lo mejor será llamar un taxi desde su móvil. Entonces escucha que una de las puertas del vehículo se abre y gira para ver a Kim, que se le aproxima. Ahora es él quien recibe el abrazo.

34

A TRABAJAR

AEROPUERTO, Nueva York
  Sábado, 16 de octubre
  1:30 p. m.

JUNIOR Y KIM llegan al *parking* del aeropuerto y ven la limosina de la diputada. Aparca justo detrás de ella y bajan.

Ven que el hombre de seguridad abre la puerta trasera y baja Eva Longobardi.

—Hola, Junior.

—Hola Eva, ella es Kim.

La diputada le extiende la mano y se saludan.

—Me dijiste que vendrías con dos personas —dice la diputada mirando dentro del coche.

—Hubo cambios de último momento —responde Junior.

—Me dijiste también que tenías algo para

mostrarme.

—Sí, está en la cajuela —dice Junior y camina hasta allí. La diputada lo sigue con el guardaespaldas a su lado. Junior abre la cajuela.

—¿Qué es esto? —pregunta la diputada.

—Son las armas procedentes de Albania que se entregarán a los supremacistas —responde Junior—. Pensamos que te vendría bien tener pruebas más contundentes que un documento.

—¿Dónde las conseguiste? —pregunta la diputada y le hace señas a su guardaespaldas para que las revise.

—Digamos que las encontré por ahí.

El hombre de seguridad las revisa y comprueba que están descargadas.

—Bueno —dice la diputada mirando a su guardaespaldas—, mete esto en nuestro coche. Entraremos con la limusina a la pista —luego se dirige a Junior—. Vamos. Ya estamos retrasados.

SUBURBIOS DE BROOKLYN
Sábado, 16 de octubre
2:10 p. m.

—HASTA AQUÍ LLEGO —dice el chofer del taxi. Es un paquistaní que no quiere acercarse más a la zona de disturbios.

Andrew paga el viaje y baja del coche. Está a diez calles de la casa del *hater*, pero ya se ven movimientos raros en la zona. Se acomoda la mochila y comienza a caminar. A medida que avanza, los destrozos son cada vez mayores. No tarda mucho en encontrar la primera barricada. Andrew baja la cabeza y camina sin mirar a nadie. Pasa como si nada. Sabe que ha tenido suerte, pero no se puede fiar de eso. Sigue caminando y debe hacerse a un lado para dejar pasar a tres hombres que vienen corriendo con armas. Puede ver que muchas casas tienen sus propias barricadas o las ventanas cubiertas con maderas.

—Se preparan para una guerra —se dice Andrew a sí mismo mientras continúa hacia su destino.

Ya está cerca de la casa del *hater* y se enfrenta a la barricada montada en el mismo lugar que la vez anterior. Hay varios hombres armados, pero están mirando algo en un viejo televisor, tal vez no se percaten de él. Repite la misma estrategia, baja la cabeza y avanza.

—¿A dónde vas?

Escucha Andrew que le dicen con una voz amenazante.

—Mi primo Bobby vive acá a media calle —le dice tratando de sonar casual—. Me llamó hace un par de días y me dijo que viniera hoy, que las cosas se iban a poner buenas.

El hombre, un tipo desaliñado con la cabeza rapada y barba rojiza, sonríe de costado en un gesto cómplice.

—¿Qué tan buenas te dijo que se iban a poner? —pregunta apoyando su mano en una pistola que lleva en una cartuchera estilo vaquero en su cintura.

—Me dijo que si quería un país libre de negros —

respondió también sonriendo—, este era el mejor lugar para estar.

—Te dijo bien —dice el supremacista y escupe al suelo—, pasa. Dile al Puño que deje de masturbarse con el ordenador y que venga a colaborar.

—Espero que lo haga —dice Andrew, siguiéndole la broma—. Esa es una imagen que no quiero ver.

Los dos ríen y Andrew sigue su camino. Es evidente que el *hater* es un personaje conocido entre esta gente, con más razón debería tener algo de información sobre la entrega de las armas. Llega a la casa del Puño y se encuentra con el próximo desafío, ¿cómo entrar?

Primero toca el timbre para asegurarse de que no haya nadie. Luego prueba girar el picaporte, cruzando los dedos de la otra mano, pero no funciona.

—¿Y ahora qué? —se dice. Sabe que Ainara o Freddy forzarían la puerta en treinta segundos, incluso Junior podría hacerlo con un poco más de tiempo. Sin embargo, no es su fuerte. Piensa un instante.

—Si fuera un sistema al que quisiera entrar, buscaría una puerta trasera, siempre las hay.

Se dice y luego mira la casa. Busca a los costados y ve que a la izquierda hay un angosto pasillo, cerrado por una puerta de madera baja. Camina hasta allí, vigila que nadie lo esté mirando, se trepa a la puerta y salta del otro lado.

Si por delante la casa estaba sucia, este pasillo es un verdadero basurero. Camina esquivando bolsas olorosas, latas de cerveza y botellas. Llega hasta un ventanal que tiene un mosquitero roto. Mete la mano por el mosquitero, empuja la ventana corrediza y se abre sin problemas.

—Bingo.

Dice satisfecho. Termina de romper el mosquitero y entra por el ventanal.

La casa por dentro es acorde a lo que se ve por fuera, suciedad y descuido por donde se mire. Comienza a recorrer la sala y ve los rastros de violencia de cuando secuestraron a Alain y el *hater*. Una silla en el suelo y, algo que a Andrew le complica las cosas, el ordenador portátil del *hater*, también en el piso y en mal estado. Lo recoge y lo examina.

Levanta la silla, se quita la mochila y se sienta a la mesa. De la mochila extrae su propio ordenador, cables y un pequeño estuche con herramientas.

Vuelve a mirar a su alrededor. Piensa que tal vez debería hacer algo para que los vecinos piensen que el *hater* está aquí. Así que se levanta y va hasta el mueble que tiene un televisor. Lo enciende, le sube el volumen y vuelve a sentarse frente al ordenador roto.

—A trabajar.

ALGÚN LUGAR DE QUEENS, Nueva York
Sábado, 16 de octubre
4:40 p. m.

LLEGO a otro lugar y probablemente encuentre lo mismo que en los anteriores, nada. Es frustrante continuar con una búsqueda que no da ningún resultado. En este caso, es un frigorífico llamado Meat 7, que tiene una gran entrada de camiones. A pesar de ser sábado, hay bastante movimiento. Me aproximo y observo que las personas que van y vienen parecen simples trabajadores. No detecto gente armada ni nada que indique la presencia de los albanos.

Me temo que la supervivencia de Alain dependerá más de sí mismo que de lo que yo pueda hacer. Al menos me quedo tranquila porque mi equipo ya debe estar a salvo en Washington.

Me suena el móvil. Lo reviso y veo que tengo un mensaje de Andrew, supongo que me avisará que llegaron al Capitolio. Apenas leo, me doy cuenta de que estaba equivocada:

«Estoy en la casa del *hater*».

35

NO SÉ EN QUIÉN CONFIAR

Aeropuerto de Arlington, Virginia
  Sábado, 16 de octubre
  4:20 p. m.

JUNIOR Y KIM bajan del avión detrás de la diputada. El vuelo se hizo más largo de lo esperado. Debieron desviarse a Arlington en Virginia porque el aeropuerto de Dulles en Washington D. C. estaba cerrado. Mientras viajaban, vieron las noticias, y los disturbios seguían en aumento, por esa razón es que debieron cerrar el aeropuerto. Los manifestantes bloquearon el ingreso e intentaron llegar a la pista.

Una limusina se acerca hasta el avión y los tres entran a la parte trasera mientras que el guardaespaldas sube adelante con el chofer.

—La situación está complicada —dice la diputada luego de mirar su teléfono—. Me avisan que hay manifestaciones afuera del Capitolio. Así que será difícil llegar.

—¿Qué quieren los manifestantes? —pregunta Kim, que ya ha entrado en confianza con la diputada. Durante más de una hora y media de vuelo, tuvieron tiempo para hablar. Kim le contó los detalles de la investigación y Eva le explicó los rumores que se manejan en la política.

—Dentro del contexto de los disturbios de los supremacistas —explica la diputada—, en este caso, están intentando impedir la sesión extraordinaria de hoy.

—¿Por qué? —insiste Kim.

—Porque, en teoría —responde la diputada—, hoy podríamos acordar medidas para frenar los disturbios. Si demócratas y republicanos se ponen de acuerdo, el presidente no tendrá más alternativa que tomar acción y frenar esta locura.

—¿Crees que sea posible que se pongan de acuerdo? —pregunta Junior.

—Hasta hace un par de días, te hubiera dicho que no —responde Eva—, pero con el planteo que me han traído ustedes, las cosas pueden cambiar.

—La gente de tu partido —dice Junior—. ¿Está de acuerdo con lo que dirás hoy?

Eva lo mira y tarda en responder.

—No les he dicho nada —cuenta—. No sé en quién confiar.

Casa del hater, *Brooklyn*
Sábado, 16 de octubre

ANDREW TRABAJÓ duro en el ordenador del *hater*. Alguien había arrojado el aparato al suelo y tal vez pateado o pisado. Trató de encenderlo de distintas maneras, pero no arrancaba. Así que desarmó el ordenador e hizo su magia. Todo esto mientras escuchaba las noticias en el televisor. Los tumultos de gente en las calles avanzaban hacia puntos claves del Gobierno y nadie los detenía. El presidente habló en directo, pidiendo tranquilidad y diálogo. Lo que desató la furia de los supremacistas, que comenzaron a romper todo a su paso. Uno de esos lugares donde se congregó más gente era en las afueras del Capitolio.

—Junior y Kim —dijo Andrew—, fueron a la boca del lobo.

Luego de distraerse un instante con la TV, vuelve a trabajar en las contraseñas, pero algo en la televisión hace que se detenga, escucha un nombre: Robert Graham.

Mira hacia la pantalla y ve la foto del *hater* en primer plano.

—Encontraron a este hombre ejecutado en un depósito —dice la periodista—. La Policía cree que fue atrapado por afroamericanos, ya que era un conocido líder supremacista.

Disparos en la calle ponen en alerta a Andrew. Si los fanáticos ven también las noticias las cosas se pueden poner feas. Así que continúa. Luego de probar varias cosas, logra entrar a unos chats. Tiene varios mensajes de ayer sin contestar, entraron después de que lo secuestraran. Los revisa.

—¡Acá está!

Lee un mensaje de un tal Halcón: «Prepárate, Puño, mañana a las seis en el muelle siete nos entregan el cargamento, comienza el *show*».

Andrew toma de inmediato su móvil y le escribe a Ainara:

«Estoy en la casa del *hater*».

—La entrega se hará en el muelle siete.

—Es uno de los lugares que revisaste ayer.

Golpes y gritos hacen que Andrew levante la mirada del móvil. Los fanáticos están a la entrada de la casa. Patean la puerta.

—Hey, tú —le dicen y Andrew reconoce la voz del hombre con el que habló al atravesar la barricada—. ¿Estás hablando con el fantasma del Puño o qué? Voy por ti, estúpido.

Andrew arroja el móvil y el ordenador dentro de la mochila. Se la coloca al hombro y empieza a caminar hacia atrás. Los golpes en la puerta son cada vez más fuertes, pronto la echarán abajo. Su única oportunidad es la ventana por la que entró. Sale por ahí y se queda agachado. Puede ver los movimientos detrás de la puerta baja al final del corredor. Un estruendo con sonido a madera quebrada le indica que han sacado la puerta de cuajo. Están entrando a la casa, es su oportunidad. Va hasta la puerta, se asoma y no hay nadie. Están todos adentro. Salta la puerta y comienza a correr. Apenas llega a la acera, gira en dirección opuesta a la barricada. Se choca con alguien, quien lo sujeta de la mochila.

—¿Quién demonios eres? —le dice el hombre que tiene un bate en la mano. Andrew reacciona rápido, empujándolo. El hombre trata de sostenerse de él, pero trastabilla y cae, arrancándole la mochila. Andrew empieza a correr con toda la fuerza de sus piernas.

—Aquí está —grita el hombre mientras se levanta del suelo—. Vengan que se escapa.

Andrew lo escucha y su corazón parece que fuera a estallar. Escucha más gritos. Gira apenas para ver quién viene y mira a cinco supremacistas enfurecidos con armas de fuego. Ya los adelantó media calle, pero sus posibilidades de escapar son mínimas, gira en la esquina y no encuentra a nadie. A pocos metros hay una camioneta vieja aparcada con la ventanilla baja. Con una agilidad que nunca había tenido en su vida se lanza dentro del cacharro. Se hace un bollito, doblándose sobre sí mismo a los pies del asiento del acompañante. Escucha llegar a la horda, que pasa a su lado y se detiene diez metros delante de la camioneta.

—¿Dónde mierda está? —pregunta el líder, moviendo su revólver.

—No pudo haber desaparecido —dice otro.

Andrew no los ve, pero sabe que no tardarán mucho en venir a revisar el vehículo. Se da cuenta de que están las llaves puestas. Nadie se atrevería a venir a robar un coche a este lugar. Se arrastra por los asientos sin levantar la cabeza hasta ubicarse en el lugar del conductor. Se acomoda como puede y gira la llave. La camioneta hace un ruido carrasposo, pero arranca. Se endereza y aprieta el acelerador. Recién en ese momento ve que los fanáticos van hacia él y comienzan a dispararle. El parabrisas estalla. Andrew pega un volantazo para esquivarlos, pero atropella a uno, pasándole por arriba; otro se sujeta del espejo lateral de la camioneta, pero enseguida se cae. Los disparos le pasan cerca, así que maneja agachado, rozando con el costado derecho a un coche estacionado. Se aleja, acelerando cada vez más, y puede observar por el espejo retrovisor que los hombres corren en dirección opuesta.

—Bien —dice, creyendo que ya los eludió, pero pronto ve que llegan a buscarlos un coche y otra camioneta.

—¡Demonios!

36

¿DE DÓNDE SALIÓ?

Algún lugar de Queens, Nueva York
Sábado, 16 de octubre
4:50 p. m.

—Estoy en la casa del *hater*.

«La entrega se hará en el muelle siete».

«Es uno de los lugares que revisaste ayer».

Leo las palabras de Andrew en el WhatsApp y me desespero.

«Sal de ahí de inmediato», le grabo un mensaje de voz, «¿Por qué no estás en Washington?».

Envío el mensaje y espero la respuesta. Veo las dos líneas que indican que el mensaje llegó, pero no se ponen celestes. Andrew no lo está viendo.

«Respóndeme, Andrew», ahora le escribo. Necesito saber que está bien. Aquel no es un lugar seguro, debe salir de inmediato.

Me quedo mirando el móvil, pero no hay respuesta. Pongo en marcha el coche para ir al muelle siete, aunque antes me entra una duda. ¿Kim y Junior habrán hecho lo que les dije?

Le escribo entonces a Kim.

«Dime que ustedes sí están en Washington».

«Estamos en la limusina de la diputada», escribe Kim. «¿Andrew se ha comunicado contigo?».

«Sí», respondo, «por eso les escribo».

«Supongo que si Andrew se comunicó contigo es porque descubrió dónde se hará la transacción».

«Sí, contesto, «lo descubrió».

«¿Qué esperas entonces?», escribe Kim, «No pierdas más tiempo y ve por ellos».

CERCA DEL CAPITOLIO, *Washington D. C.*
Sábado, 16 de octubre
5:10 p. m.

LA LIMUSINA de la diputada atraviesa una ciudad militarizada. Ven camiones del Ejército surcando las calles y activistas que les arrojan piedras y basura. Las fuerzas de seguridad no hacen nada, solo se limitan a estar presentes, esperando la orden de reprimir.

Kim le contó a Junior el chat que tuvo con Ainara, eso les dio un poco de esperanza. Al menos en algo estaban avanzando. Andrew cumplió con su parte. Ahora es el turno de ellos.

—¿Crees que tenemos alguna oportunidad? —le pregunta Junior a Eva.

—Dadas las circunstancias y las evidencias que ustedes aportaron —explica la diputada—, intentaré convencer al Congreso de habilitar al presidente para declarar la emergencia nacional.

—Pero si el decreto de emergencia le cabe solo al presidente —reflexiona Junior—. ¿Qué tiene que ver el Congreso?

—Ningún presidente quiere cargar con esa responsabilidad —responde Eva—, ya que luego podría ser enjuiciado por excederse en sus facultades. Pero si el Congreso declara la necesidad de tomar esa acción, el presidente queda facultado para declarar la emergencia sin temor a lo que pueda venir después.

—Se le da carta blanca —dice Junior y la diputada no responde.

—Habrá represión —afirma Kim con tristeza.

—El uso de la fuerza es el último recurso —contesta la congresista—, pero en esta situación, no creo que haya otra alternativa.

En algún lugar de Brooklyn

Andrew sube a la autopista, girando brusco, y la camioneta se zarandea peligrosamente. Su primera idea fue huir a cualquier lado, pero se dio cuenta de que no tuvo oportunidad de ver si Ainara recibió su mensaje.

Aquel supremacista le arrancó la mochila con el móvil, así que no tiene forma de comunicarse con ella. Por eso luego de dudarlo un instante, decidió ir él mismo al muelle siete. No cree que pueda hacer algo, no se siente un héroe, pero no tiene alternativa. En lo que a él respecta, es el único que sabe dónde se hará la transacción, por lo que la responsabilidad recae sobre sus hombros.

Un golpe en la parte trasera del vehículo lo sacude.

—Mierda.

Mira por el espejo retrovisor y ve que la camioneta de los fanáticos sigue detrás de él, y que además se prepara para embestirlo otra vez. Acelera a fondo y logra ganar unos metros, pero golpea a un coche que va adelante, haciendo que los dos se desvíen. Andrew cruza la autopista en diagonal, provocando múltiples choques a su alrededor, hasta que él mismo choca contra el guardarraíl de su lado. Sin embargo, no se detiene. Un ruido ensordecedor y chispas estallan a su lado mientras arrastra la camioneta contra esa baranda metálica. Logra retomar el control y sale de esa situación, pero ya tiene nuevamente al otro coche de los fanáticos encima.

—¿De dónde salió?

Por el espejo advierte que por una de las ventanillas del vehículo se asoma un hombre, apuntándolo con una escopeta.

—¡Al diablo! —exclama Andrew y, como si no le importara nada, vuelve a cruzar la autopista en diagonal opuesta. Encuentran una salida a la que apenas puede ingresar, ya que las ruedas izquierdas chocan contra el cordón de concreto, haciéndolo saltar. El coche no pudo

seguirlo. Sonríe satisfecho. Comienza a disminuir la velocidad, tal vez ya pueda moverse más relajado. Pero
pronto advierte que ese pensamiento fue muy apresu-
rado, a lo lejos ve a la otra camioneta, viniendo tras él.
Vuelve a acelerar.

37

¡KIIMMM!

Bahía Sheepshead, Brooklyn
  Sábado, 16 de octubre
  5:30 p. m.

DEJO el coche a una calle de distancia y camino hacia el callejón en el que estuve ayer, el que tenía el grafiti. Mi intuición había sido certera, no debo desconfiar de ella. Vuelvo a mirar el móvil, buscando una respuesta de Andrew que no llega. Ya no hay tiempo para eso, es hora de actuar. Guardo el móvil y avanzo. Veo bastante movimiento en el muelle, pero a mí me interesa la puerta marcada con el grafiti, así que no les presto demasiada atención. Saco mi Smith & Wesson y entro al callejón. Veo que la ventana por la que me asomé anoche muestra una luz prendida. Así que guardo el arma y trepo nuevamente. Me asomo y veo un amplio depósito vacío con una silla en el medio y alguien sentado en ella con una bolsa en la cabeza.

—¡Diablos! —exclamo y me descuelgo de la ventana.

Vuelvo a sacar el arma. Trato de abrir la puerta, pero está cerrada con llave. No puedo esperar más. De un disparo vuelo la cerradura y con una patada abro la puerta. Entro apuntando con mi arma, pero no hay nadie más que el hombre en la silla. Corro entonces hacia él, está inmóvil. Le quito la bolsa de la cabeza y sí, es Alain. Está ensangrentado y muy herido. Guardo la pistola y le tomo el rostro con las dos manos, no sé si sigue con vida.

—¡Alain, Alain! —le grito tratando de hacerlo reaccionar.

Es entonces que sus ojos comienzan a abrirse y me reconoce.

—Ainara —dice con una voz apenas audible—, lo siento mucho.

—Ya tendrás tiempo para pedir disculpas —le digo mientras comienzo a desatarlo—. Ahora debemos irnos de aquí.

—Ainara —vuelve a decir, y una vez que termino de desatarlo, acerco mi oído a su boca para escucharlo—. No quería que esto termine así.

Lo miro sin comprender muy bien de qué se lamenta cuando escucho una voz que reconozco de inmediato.

—Ainara Pons —es Morgan quien dice mi nombre, y llevo mi mano a la pistola—. Yo que tú no haría eso si quieres que deje al muchacho con vida.

Observo a mi alrededor y descubro al menos una docena de hombres que caminan en mi dirección, apuntándome con sus armas. Todos están vestidos de traje negro al igual que Morgan. Dudo de si sacar el arma y llevarme algunos conmigo antes de morir, pero estaría condenando a Alain también. Si me entrego sin resistirme, tal vez alguno de los dos sobreviva. Alejo la mano de mi pistola y miro directamente a Morgan.

—Has sido una gran molestia, Ainara —dice mientras camina hacia mí—. Me obligaste a montar toda esta farsa para atraparte.

Doy un paso al frente.

—¿De qué hablas?

—La muerte de Dexter, su hijo en peligro, todo fue idea mía, Ainara —me explica, pero sigo sin comprender—. No podía tenerte libre por ahí para que un día vuelvas y eches todo a perder. Casi acabaste con el Anillo, no podíamos arriesgarnos a que termines lo que empezaste.

—¿El Anillo? —pregunto desconcertada.

—¿Todavía no entiendes? —continúa—. Tal vez te sobreestimé. Cuando mataste a nuestro líder, pusiste en riesgo toda la operación, pero terminaste haciéndonos un favor. Ese viejo que asesinaste quería hacer las cosas a su manera, manteniendo el control absoluto. Llevó un tiempo reorganizarnos, pero ahora somos más fuertes. No importa que cortes una cabeza, siempre habrá otra para reemplazarla.

—¿Cómo supiste de mí? —le pregunto, tratando de entender todos los detalles.

—Nash, déjate ver —dice Morgan. Y de las sombras sale Nash que no se atreve a mirarme a los ojos, es el único que no tiene arma.

—Apretamos un poco a Nash y te vendió para salvar su pellejo…Bueno y el de toda su familia —me explica y esboza una sonrisa cínica—. El Anillo tiene gente de poder en todos los sectores, ya no hay forma de detenernos.

—Entiendo todo sobre mi exjefe Phillip Nash, tampoco lo miro pero no le tengo rencor. ¿Y, por qué Dexter?

—Él se enteró de cosas que no debía y tenía intención de hacerlas públicas —me dice—. Además, estaba formando su propio equipo para enfrentar al Anillo. De todos modos, matarlo fue más para atraerte a ti que para otra cosa. Debo admitir que disfruté hacerlo con mis propias manos, con mi corbata en realidad.

—¡Maldito! —lo insulto enfurecida.

—No te pongas así —me dice sonriendo—, fue una pelea justa y me costó un ojo. Pero valió la pena, te trajo hasta mí.

—Lo que no comprendo —digo queriendo obtener un panorama total de la situación— es para qué lo de las armas.

—¡Ah!, esa es la estrategia más antigua de todas —explica como si estuviera contando algo obvio—. Armamos a los fanáticos para que intenten tomar el poder. Esto forzará al Congreso a que le pida al presidente que declare la emergencia nacional, suspendiendo los derechos civiles. Si los supremacistas ganan, que están bajo nuestro control, armaremos un nuevo Gobierno. Si las fuerzas del Estado ganan, tampoco es un problema, el presidente ya es casi un anciano, se retirará o morirá, y nuestros hombres asumirán el control, pero con la suma del poder público gracias a la declaración de emergencia. Por lo cual, también armaremos un gobierno totalitario, que lo sostendremos inventando nuevas amenazas. Gane quien gane, ganamos nosotros. Esto lo replicamos en algunos países más y listo, tenemos el nuevo orden mundial.

CERCA DEL CAPITOLIO, Washington D. C.

La limusina se detiene a cien metros del Capitolio. La diputada golpea el vidrio que los separa de la cabina del conductor. El vidrio baja.

—¿Qué pasa, Harry?

Le pregunta la diputada a su custodio, que está al frente en el asiento del acompañante.

—El camino está bloqueado —responde el hombre—. Esto se ha desbordado, lo mejor es salir de aquí, no es seguro.

—No exageres, Harry, no hay lugar más seguro que el Capitolio. Solo debemos llegar hasta allí, vamos caminando.

Todos, menos el chofer, bajan del vehículo y comienzan a andar. Pero a los pocos metros deben introducirse en la multitud. El guardaespaldas toma a la congresista del brazo y abre camino entre la multitud. Junior aferra a Kim de la mano y cierra la hilera. Pronto se escuchan insultos. El guardaespaldas advierte que van dirigidos a Kim y que puede ser un problema. Se quita los lentes negros y se los entrega. Ella se los coloca de inmediato, cubriendo sus ojos asiáticos. La gente está cada vez más apretada y cuesta mucho avanzar porque van en dirección hacia donde hay un escenario. El custodio empuja haciendo espacio, pero cada hueco que se abre es rellenado al instante por más gente. Ya avanzaron cincuenta metros, pero de pronto, cuando desde el escenario arengan a la multitud, un movimiento como una marea los sacude, empujando a Junior, que se ve forzado a soltar la mano de Kim para no lastimarla. Junior queda separado del grupo y se desespera. Busca a su alrededor y puede ver unos cuantos pasos adelante la cabeza del guardaespaldas, que es bastante alto. Comienza a ir en su dirección, pero el tumulto no lo deja, en vez de acercarse, cada vez queda más rezagado. Se esfuerza en acelerar el paso. Solo espera que Kim y la diputada estén bien. Con lentitud, entre idas y venidas, logra llegar a la reja custodiada por militares. Al otro lado está la diputada, que da indicaciones para que lo dejen entrar.

—¿Y Kim? —pregunta la diputada apenas Junior ingresa.

—Pensé que estaba contigo —dice Junior y observa como Eva niega con la cabeza.

Junior se da vuelta, va contra las rejas y se aferra a ellas.

—¡Kiimmm!

38

ESTAMOS SIENDO INVADIDOS

Bahía Sheepshead, Brooklyn
Sábado, 16 de octubre
5:50 p. m.

ANDREW LLEGA al muelle siete a toda velocidad. La camioneta de los supremacistas venía detrás de él hasta hacía unos segundos. Lleva el parachoques trasero arrastrando, lo que hace que la gente a su paso lo mire. Decide parar el vehículo y alejarse de él lo más posible. Llama demasiado la atención, y lo único que quiere ahora es pasar desapercibido. Mira a su alrededor y comienza a caminar. Ve que hay camiones llegando y, además, un barco con contenedores, amarrado. Mira el nombre del barco: «Leñador».

Andrew menea la cabeza. Piensa en que no podrían haber sido más obvios. Camina en esa dirección, cree que tal vez pueda encontrar a Alain. Si Ainara hubiera recibido su mensaje, ya estaría aquí y habría cuerpos desparramados.

—Debe estar muy lejos —dice Andrew en voz baja sin saber que Ainara se encuentra a menos de cincuenta metros.

Bahía Sheepshead, Brooklyn

Uno de los hombres de Morgan me quita la pistola mientras otro me revisa. Encuentran mi pequeña pistola de reserva y el cuchillo, también me los sacan.

—Me alegro de que cooperes —dice Morgan mientras me apunta con su arma—. Para que veas que soy un hombre de palabra, dejaré al muchacho con vida. No lo iba a hacer. Después de haber matado a su padre e incluso a su abuela, ya que también me encargué de ella en su momento, pensé que debía cerrar el círculo y acabar con el chico.

—Eres un mentiroso —le digo, desafiándolo.

—No, es verdad —responde, sonriendo—. Yo mismo hice volar a la secretaria O'Sullivan hace ya tantos años. Si hubiera sido un poco más rápido, también hubiera acabado contigo en ese momento y me hubiera ahorrado muchos problemas.

—No sé si tuviste que ver con lo de Leonore —le digo para provocarlo—, pero estoy segura de que con Dexter no fue como dices.

—¿A qué te refieres? —me pregunta, confundido.

—No eres lo suficiente hombre para derrotar a Dexter —veo como su rostro se va enfureciendo—. No podrías con él ni en sueños. Es más, ni siquiera podrías conmigo a mano limpia.

—Te crees mucho más de lo que eres —dice Morgan apretando los dientes.

—Eres un cobarde —le digo con una sonrisa burlona—. Solo alardeas porque tienes una pistola en la mano, temes que esta mujer te patee el trasero.

Un golpe con el revés de su mano libre me da en el rostro, haciendo que me sangre el labio. Con la lengua pruebo mi propia sangre y escupo.

Morgan está enfurecido, pone el dedo en el gatillo y yo me preparo para morir, en una fracción de segundo que parpadeo el jefe Nash se le echa encima a Morgan, este no duda, lo aparta disparándole en la cabeza. Nash, me mira, sonríe, pero es muy tarde, está muerto.

Morgan no actúa sorprendido, quizá esperaba lo del jefe Nash, vuelve a apuntarme… Solo me queda una oportunidad…

—Golpeas como niña —le digo y miro alrededor, a sus hombres—. Mátame de una vez, así no te humillas frente a tus cómplices.

Morgan baja el arma y menea la cabeza mientras sonríe.

—Creo que Dexter no era el único fanfarrón —dice y le da el arma a uno de sus hombres—. Estoy harto de tu presencia. Disfrutaré esto. Que nadie intervenga.

CERCA DEL CAPITOLIO, *Washington D. C.*

Kim es empujada de un lado a otro. No sabe dónde

se encuentra ni dónde se hallan sus compañeros. Solo ve cuerpos que la aprisionan. Intenta saltar para poder ver por arriba de las cabezas, pero es muy pequeña. Trata de calmarse y pensar con claridad.

—Debo estar más arriba —se dice a sí misma y comienza a buscar dónde subirse. Es entonces cuando escucha lo que decía el altavoz, a un orador hablando sobre que América para los americanos, y se indigna. Ella también es americana, tanto como cualquier hijo de europeo. Sin embargo, esto le recuerda que tiene el escenario cerca. Logra ver la parte trasera del escenario a menos de diez metros. Como la gente empuja en esa dirección, solo se deja llevar y enseguida llega hasta la valla de contención. Es una serie de estructuras metálicas una junto a la otra. La presión de la gente hace que una de las vallas se abra un poco y Kim se desliza hacia adentro. Sigue con los anteojos negros y se pone la capucha de su abrigo. Se acerca a una escalera por la que sube y baja gente todo el tiempo del escenario. Sube cuatro escalones, es suficiente para ver por encima de la muchedumbre. No tarda en encontrar el lugar a donde fueron Junior y la diputada. Es una reja custodiada frente al Capitolio. Puede ver el lugar, pero comprende que no tiene forma de llegar hasta allí. Da un paso más arriba, esperando que su amigo la vea y la vengan a buscar. Estando allí, puede ver a sus espaldas al orador que está sobre el escenario. Un hombre rubio de traje azul.

—Estamos siendo invadidos por gente de todos los colores —dice el orador—, debemos detener este flagelo que corrompe al país.

Kim no puede creer que en el siglo XXI todavía haya

gente que repita estos discursos. Sube otro escalón y ya está sobre el escenario. Puede ver a la multitud escuchando y vitoreando esas palabras, y su indignación sigue creciendo. Ve que el orador termina su discurso y no logra contenerse, camina derecho hacia el micrófono.

39

DEBEMOS SALIR YA

Bahía Sheepshead, Brooklyn
  Sábado, 16 de octubre
  6:00 p. m.

ANDREW SE ACERCA al buque carguero. Ve que hay dos o tres personajes vestidos de negro controlando la situación y el resto son empleados portuarios. Escucha entonces que frena un vehículo bruscamente y gira para ver de qué se trata. Es la camioneta de los supremacistas la que acaba de entrar. Ve a los hombres de negro reaccionar, sacando sus armas y acercarse a los recién llegados. Andrew aprovecha la distracción de los que evidentemente se encargan de la seguridad y se manda por una rampa que sube al barco. En ese momento, comienza a moverse una grúa que eleva un contenedor.

—Allí está.

Escucha Andrew y mira a los supremacistas, que lo

están señalando. Apura el paso al ver que todos comienzan a correr hacia él. Se topa con un hombre y sin dudarlo lo empuja. El hombre cae de la rampa al agua. Andrew corre dentro del barco. Va hacia la derecha y ve venir a dos hombres con armas en sus manos. Cambia de dirección y va hacia la izquierda. Ve a otros dos hombres venir hacia él. Toma la única opción que tiene, sube por una escalera sin saber hacia dónde va. De repente, se encuentra con un hombre que se le viene encima desde arriba con un fierro. Logra esquivar el fierrazo y, tomando a su agresor del brazo, hace que pierda el equilibrio y caiga desde varios metros de altura. Sube entonces los dos escalones que restan y se halla en una cabina con controles y botones. No tiene hacia dónde ir. Es la cabina de la grúa, que ahora tiene el contenedor en el aire. Mira de nuevo hacia abajo y ve que comienzan a subir los hombres armados. Entonces, desesperado, empieza a mover las palancas y a apretar botones, espera que el movimiento de la máquina le dé algo de tiempo para pensar. Es cuando aprieta un botón que escucha un fuerte ruido metálico. Ve que uno de los cables de la grúa se suelta y el contenedor se inclina violentamente hasta golpear contra un costado del barco, haciéndolo moverse. Ve que uno de los hombres que subían se tambalea, pero logra aferrarse. Entonces vuelve a mover y apretar todo. El brazo de la grúa se mueve y el contenedor se arrastra contra el borde del buque, haciendo un ruido tremendo. Todos miran expectantes, pero no pasa nada. Los hombres siguen entonces subiendo, y de repente se escucha otro ruido y la puerta del contenedor se abre, dejando salir su contenido.

Comienza a caer una cascada de cajas de madera. A medida que caen, las cajas se abren y cientos de rifles van directo a sumergirse.

—¡Vamos! —dice Andrew, quien por un instante festeja haberle arruinado los planes a toda esa mafia. Pero el festejo dura un segundo porque ya casi llegan hasta él. Lo único que puede hacer es salir por la ventana de la cabina hacia el brazo de la grúa. Empieza a escalar por allí en el vacío. No quiere ver hacia abajo, pero escucha los gritos detrás de él y sigue avanzando. Es en ese momento que suena un disparo, se resbala y queda colgando de la grúa, agarrado de una sola mano. Trata de estirar la otra y casi llega. Pero un tiro lo impacta y se suelta. Cae al agua, cerca de donde se hundieron las armas. Él también se hunde.

Capitolio, Washington D. C.

—Debemos ir a buscarla —le dice Junior a la diputada.

—No, Junior —responde la congresista con gesto de resignación—. Sería imposible encontrarla entre la multitud. Pero te prometo que no me moveré de aquí hasta que aparezca. Puede tardar un poco, pero estoy segura de que ella, en estos momentos, está tratando de llegar aquí.

—Señora… —llama el guardaespaldas a la diputada —, debe ver esto.

Nos señala una pantalla en la que se ve en directo lo

que está pasando afuera del Capitolio. El canal de noticias alineado con la ideología supremacista transmite lo que sucede en el escenario a pocos metros de aquí. Allí se ve a una mujer con capucha y lentes negros. Junior y Eva se miran y se preguntan al unísono: «¿Kim?».

KIM LLEGA hasta el centro del escenario mientras el orador se despide de la gente. El hombre le da la mano y le indica que agarre el micrófono, algo que ella hace sin dudarlo.

—Hola —dice Kim y su voz resuena—. Estamos aquí porque nos sentimos mal. —La gente grita «sí» a una sola voz—. Estamos aquí porque queremos un cambio. —La gente vuelve a vitorear—. Estamos aquí porque queremos poner un punto final al mal que nos han hecho. —La gente grita enfervorecida—. Todos somos americanos.

—Sí —gritan todos con orgullo.

—Algunos llevan hasta diez generaciones en este país, pero otros recién nuestros abuelos o bisabuelos llegaron en barcos de Irlanda. —Vuelven a vitorear—. Escocia, Inglaterra, Alemania.

—Sí —afirman cada vez con más fuerza.

—África o China —dice Kim. Algunos despistados siguen vitoreando, pero la mayoría hace silencio—. A todos nos duelen las muertes y sangramos cuando nos lastiman. La sangre que se derrama, sin importar de donde sean nuestros abuelos, siempre es roja. Mueren madres que dejan a hijos huérfanos, mueren hijos que dejan a padres destrozados ¿Creen que a una raza le duele menos que a otra? ¿Creen que algún niño merece perder a sus padres por el color de su piel? Si llevo los lentes puestos me vitorean. ¿Qué pasa si me los quito?

Kim se baja la capucha y se quita los lentes oscuros, mostrando sus rasgos asiáticos, y se escucha un murmullo generalizado.

—Soy la misma de hace cinco minutos. Si me opero los párpados, soy igual que cualquier descendiente de europeo. ¿Creen que la estética nos define? ¿Quién les ha hecho creer eso? Lo que nos define es nuestro corazón. Lo que nos define es cuánto amor seamos capaces de dar. Si encuentro a alguno de sus hijos perdidos en la calle lo acogeré, le daré tranquilidad para que pierda el miedo y podremos buscar juntos a sus padres. Lo importante es aliviar el sufrimiento. Tal vez, luego de emocionarme con el reencuentro, me daré cuenta del color de su piel. Antes de eso, solo habría visto un niño y unos padres desesperados. Eso es lo que todos somos, hijos, padres, hermanos, amigos, desesperados por entender dónde estamos. Hemos perdido el camino. Pero para encontrarlo debemos dejar atrás el miedo y ayudarnos. Nadie viene a robar nada, nadie viene a hacernos daño. Dejemos de tenerle miedo al que parece distinto, porque no lo es. Es un hijo, un padre, un amigo, un hermano que está perdido. Muchas gracias.

Kim mira a la muchedumbre, que por un instante se ha quedado en silencio. Da un paso atrás, gira y ve a varias personas que estaban también en el escenario detrás de ella. Todos la observan. Algunos con lágrimas en los ojos. Otros están desconcertados, sin saber qué pensar. Pero el resto, la mayoría, la mira con furia. Si no la insultan o golpean allí arriba es por mantener una imagen, pero saben que cuando salga de ahí no correrá la misma suerte. Ella camina con la frente en alto y sin ocultar sus rasgos asiáticos hacia la escalera. Al llegar, está por bajar el primer escalón cuando ve que un rostro conocido la espera.

—Venga conmigo, señorita —dice el custodio de la diputada, que ha llegado hasta allí con tres hombres más. Ellos la escoltan entre la muchedumbre hacia donde la esperan Junior y Eva. En el trayecto son los hombres de seguridad quienes reciben los empujones y manotazos, a ella solo llegan los insultos.

Al atravesar la reja, Junior la abraza con fuerza. Cuando se separan, Kim sonríe, pero ahora es la diputada quien la abraza mientras comienzan a escucharse aplausos y una ovación por parte del pequeño grupo de congresistas que se encuentran en la misma situación que ellos.

—Señora —otra vez el custodio llama a la diputada y le señala la pantalla.

Los tres observan la transmisión, donde se ve que la multitud ha forzado el vallado de la entrada principal del Capitolio y han copado las escalinatas.

—Congresista Longobardi —dice un hombre calvo y relleno.

—Congresista Wazouski —responde Eva. Es el diputado por Connecticut.

—Me hubiera gustado hablar con su amiga para felicitarla por el discurso, pero me temo que no tenemos tiempo para eso —dice el congresista—. Al menos me gustaría invitarlos a que me acompañen. No sé cómo terminará esto, pero mi gente me dice que ya no es seguro permanecer aquí.

—Muchas gracias, congresista —responde Eva—. ¿Qué nos propone?

—Tengo acceso a una salida de servicio al otro lado del Capitolio —explica Wazouski—. Ya he ordenado a un vehículo que me espere allí y están preparando mi jet para volar a Connecticut. De allí a Nueva York están a un paso.

—Somos cuatro —dice Eva, incluyendo a Kim, Junior y su custodio.

—Nos arreglaremos —dice el congresista, sonriendo —. Será un placer para mí ser su anfitrión. No quiero ser brusco, pero debemos salir ya.

40

GUÁRDAME UN LUGAR EN EL INFIERNO

Bahía Sheepshead, Brooklyn
Sábado, 16 de octubre
6:10 p. m.

Morgan se quita la chaqueta, se saca la corbata y se arremanga la camisa. Se aproxima hacia mí.

—Primero las damas —dice y, sin dudarlo, le tiro un derechazo que lo impacta de pleno en el pómulo izquierdo. Morgan intentó evadirlo, pero no pudo. Sé que su flanco izquierdo es el más expuesto por faltarle ese ojo. Morgan sacude la cabeza y después sonríe.

—Esa fue tu única oportunidad —me dice—, debiste aprovecharla mejor.

Es él ahora quien me lanza un derechazo, pero lo esquivo, y le arrojo una patada que le da en el estómago, haciendo que dé dos pasos atrás. Me pongo en guardia. La diferencia de peso me obliga a usar las piernas, que tienen más potencia que mis manos. Morgan camina hacia mí y me tira otro puñetazo, que tampoco acierta, pero cuando le lanzo una patada, él la atrapa y me levanta, haciéndome volar por los aires. Caigo con una rodilla al suelo, pero sin perder la estabilidad. Entonces recibo una patada que bloqueo con los dos brazos, pero aun así me hace revolcar por el suelo. Como un felino, salto de inmediato, alejándome de él, que viene decidido. Debo esquivarlo, bloquear a un hombre tan fuerte puede herirme más a mí que a él. Morgan revolea la mano izquierda, tratando de agarrarme, él también sabe que intentaré escurrirme. Soy más liviana y rápida, así que debe buscar acorralarme de alguna manera. Continúa lanzando golpes que no me pegan o apenas me rozan. Respondo con patadas y codazos, que Morgan bloquea o recibe sin detenerse. Nos miramos. Es un juego de ajedrez más que una riña, cada uno busca llevar a su oponente al campo que le conviene, premeditando sus movimientos con antelación. Morgan es el más castigado. Lo golpeo como un látigo y retrocedo. Morgan soporta los golpes que acumula, debe tener un objetivo que no alcanzo a descifrar, tal vez solo espera la oportunidad de atinarme un buen golpe. Le acierto una patada en la cara que lo hace tambalear. Entonces, saltando para tomar más fuerza, le tiro un puñetazo descendente que le da en la sien y lo tumbo: él se queda agachado. Lo tengo muy cerca, le tiro un rodillazo a la nariz que puede provocarle un daño mortal. Pero Morgan deja caer su cuerpo hacia mí. La rodilla le da sin fuerza en el pecho. Con todo su peso se me viene encima, tomándome de la cintura. Junto las dos manos y le doy en la nuca, pero Morgan no se detiene y la continúa empujando mientras se endereza y me golpea contra la pared. El golpe en la espalda hace vibrar todo mi cuerpo, como si las vértebras se sacudieran todas simultáneamente. Ahora le pego codazos en cabeza y cuello mientras sacudo las piernas, tratando de zafarme, pero Morgan embiste de nuevo contra la pared. De repente me cuesta respirar. Esta vez lo hizo más afirmado, con su hombro en mi pecho, lo que me provocó un terrible dolor. Ahora me vuelve a levantar mientras trato de recuperarme, pero me baja con fuerza, logrando que esta vez mi nuca dé contra la pared. Pierdo el control, mi cuerpo se afloja. Él aprovecha para soltarme del abrazo que me tenía apresada, para aferrarme del cuello con la mano derecha. Lo veo sin poder moverme, como si no estuviera en mi cuerpo. Con esa sola mano me levanta en el aire y luego me baja de golpe hasta estrellarme contra el suelo.

No veo nada, no siento nada, no sé ni siquiera si estoy viva. Pero la voz me trae de nuevo y logro ver a Morgan sobre mí.

—Ilusa —me dice—. ¿En verdad creías que podías vencerme? Cómo te dije antes, eres igual que el fanfarrón de tu amigo Dexter y morirás viendo lo último que él vio.

Morgan se quita el parche con la mano libre, mostrándome el hueco que tiene donde antes había un ojo. Veo que levanta la mano izquierda, la hace puño, que bajará luego como un martillo para dar el golpe final.

—Adiós, Ainara —dice endureciendo el rostro, como juntando toda su fuerza en una última estocada. Mis ojos se quieren cerrar, pero no le voy a dar el gusto de rendirme, lo miraré fijo hasta el final—, guárdame un lugar en el infier…

Un estruendo interrumpe y veo que la cabeza de Morgan estalla. Escucho disparos, pero ya no aguanto más, me voy.

—AINARA, Ainara…

Una voz conocida me llama, estoy en una densa oscuridad y a lo lejos veo que una luz comienza a brillar. ¿Estoy muerta? La luz se hace más grande, pero va perdiendo brillo hasta que unos bultos más oscuros se dibujan frente a mí. Son dos rostros. ¿Quiénes son? Uno me resulta familiar. ¿Freddy?

—¿Eres tú, Freddy?

—Sí, Ainara —responde, sonriendo—. Estoy aquí, contigo. Intenta levantarte porque debemos irnos cuanto antes.

Trato de enderezarme y siento un fuerte dolor en el pecho.

—Me duele el pecho —digo—, no me puedo mover.

—Dime dónde te duele —dice el hombre que está junto a Freddy mientras me presiona en distintos lugares del pecho.

—¡Ahí! —grito.

—¿Puedes respirar bien, verdad? —me pregunta el mismo hombre, tiene unos cincuenta años y es muy robusto. Lleva una ametralladora colgada al hombro.

—Sí —le respondo. Trato de respirar profundo y vuelvo a sentir el dolor. El hombre advierte mi gesto.

—Tiene la costilla fisurada, tal vez rota —le dice el hombre a Freddy—, solo podremos saberlo con una radiografía.

—Bien, Ainara —dice Freddy—, ya escuchaste al médico. Tienes que levantarte, pero dolerá. Hay que salir de aquí.

—Ainara —me dice otra voz conocida y veo a Alain malherido, que también es sostenido por otro hombre que desconozco. Me ayudan a levantarme y no me logro enderezar del todo por el dolor, pero puedo caminar.

—Gracias —le digo al doctor, que parece más un luchador que un médico, luego le pregunto a Freddy—. ¿Quién es esta gente?

—Son amigos de Dexter que querían conocerte —dice Freddy y los hombres se ríen. Veo al menos una docena de ellos.

—Si son amigos de Dexter —les digo—, deben saber que vengaron su muerte. Eso que está allí es lo que queda de quien lo asesinó.

Los hombres se miran entre ellos con un cierto gesto de satisfacción y tristeza a la vez.

—Ya habrá tiempo para explicaciones —dice Freddy—. Vámonos ya.

41

COMO EL FÉNIX

Piso de Junior, Brooklyn
 Sábado, 16 de octubre
 11:30 p. m.

KIM Y JUNIOR entran al piso y encuentran que alguien ha llegado antes que ellos.

—¡Freddy! —exclama Kim, sorprendida, al ver a Tanaka trayendo un café. Estoy sentada a la mesa junto a Alain—. ¡Alain!

—Hola —dice Alain con unos sonidos apenas comprensibles. Tiene el labio roto, el médico que me ayudó a mí se lo cosió no muy elegantemente.

—¿Qué te ha...? —Kim se frena mientras le habla a Alain—. No importa, lo bueno es que estás vivo.

—Lo has hecho de nuevo, Ainara —dice Junior, poniendo su mano en mi hombro.

—Con cuidado —le digo—, estoy un poco adolorida.

Pero no he sido yo quien salvó el día esta vez. Ha sido Freddy con sus nuevos amigos.

—¿Qué nuevos amigos? —pregunta Junior.

—El equipo de excombatientes que estaba armando Dexter —explica Freddy—, sin ellos no hubiera podido hacer nada. No podía comunicarme con ustedes porque mi jefe, que era parte de la operación, me estaba vigilando. Cuando al fin intenté llamarlos habían cambiado sus teléfonos. Fui al sótano, pero ya no estaban allí. Como no sé cuánta gente del FBI estaba involucrada en esto, tampoco podía recurrir a ellos. Los amigos de Dexter querían vengarlo y tuvieron su oportunidad.

—Y a ustedes —me dirijo a Junior—. ¿Cómo les fue?

—Más allá de que Kim se convirtió en una estrella pacifista de la televisión —cuenta Junior, sonriendo—, fue un fiasco. Los supremacistas invadieron el Capitolio y tuvimos que escapar. Lo más probable es que el presidente haya declarado emergencia nacional.

—Eso es justo lo que la gente del Anillo quería —digo y Junior se me queda mirando—. Tenías razón, Junior, había alguien oculto detrás de todo esto. El Anillo está tras bambalinas con más fuerza que nunca.

Junior corre una silla y se sienta.

—Entonces perdimos —dice con la mirada baja.

—No es tan así —dice Freddy para levantarle el ánimo—. Cuando llegué al muelle, vi cómo todo el cargamento de armas se hundía en el agua. Un héroe desconocido saboteó la grúa, pero cuando trataba de escapar, le dispararon y cayó al mar desde una gran altura.

—¿Un héroe desconocido? —pregunta Kim.

—Sí, estaba muy lejos como para verlo con claridad —explica Freddy—. Pero si no conociera bien lo reacio que es Andrew a la acción, hubiera jurado que era él. A propósito, ¿qué saben de Andrew?

Kim y Junior me miran a mí.

—Él descubrió dónde estaba Alain —les digo—, logró avisarme, pero no sé si pudo escapar de la casa del *hater*. Debo ir por él.

Intento ponerme de pie, pero todos me detienen. Entonces escuchamos ruido en la cerradura. La puerta se abre y aparece Andrew completamente empapado.

—Qué bueno que estén aquí tan calentitos —dice—. Necesito sentarme, vengo caminando desde que salí del agua en el muelle.

—¡Eres el héroe desconocido! —dice Freddy.

—Soy el héroe herido —corrige Andrew—. Me dieron un tiro en el brazo.

Kim corre a atenderlo y Junior va hasta el baño para volver con una toalla.

—¿Ahora qué pasará? —pregunta Kim mientras revisa la herida de Andrew.

—No sé cuánto sabe el Anillo de nosotros —le contesto—, pero están tomando el control del país. Algo debemos hacer.

—Por ahora —dice Freddy—, tú debes hacer reposo, yo debo encontrar una excusa creíble que dar en la oficina y ver cómo evoluciona la situación.

—Pero —dice Andrew— solo somos cinco.

—Y el pequeño ejército de Dexter —dice Freddy.

—Y nuestro contacto en el Congreso —agrega Junior.

—Y yo —dice Alain, todos lo miramos.

—Nos has mentido demasiado —le digo.

—Es verdad —responde—, pero aun así todos arriesgaron su vida para salvarme. Les pido disculpas por todo lo que hice, estoy muy arrepentido. Quiero reivindicarme con ustedes. Siempre estuve solo, me defendí a mí mismo sin importarme los demás. Es la primera vez que veo un verdadero equipo unido por el afecto. Quiero formar parte de esto.

Los miro a mis compañeros. En sus ojos veo asentimiento, así que me vuelvo al muchacho.

—Algunos de ustedes estuvieron a punto de morir, creo que lo mejor es ir cada uno por su lado y así estarán a salvo.

—Ainara —me dice Alain, adelantándose en su silla y poniendo su mano sobre la mía, que estaba apoyada en la mesa—. Juro que este equipo saldrá adelante, como el ave fénix, resucitará de sus cenizas.

Freddy se estira desde el otro lado de la mesa y pone también su mano sobre la mía.

—Por si aún no te has dado cuenta —dice—, yo ya soy un veterano en la agencia y en el grupo. Mis esfuerzos son para mantener el grupo siempre con vida, así tenga que resucitarlo cien veces como el ave fénix.

Andrew, Kim y Junior también se acercan y ponen sus manos sobre las nuestras.

—¡Como el fénix! —dicen los tres juntos.

Yo los miro a todos y una lágrima corre por mi mejilla cuando digo:

—¡Como el fénix!

FIN

Ainara regresa en la séptima novela de la serie*: En la boca del lobo*. Obtenla aquí:
https://geni.us/EnLaBocaDelLobo

Puedes encontrar todas las novelas de la serie de Ainara Pons aquí:
https://geni.us/SerieAinaraPons

NOTAS DEL AUTOR

Espero hayas disfrutado la lectura de esta novela.

Si te gustó mi obra, por favor déjame una opinión en Amazon. Las críticas amables son buenas para los autores y los lectores... y un estudio reciente (realizado por mi persona) también indica que escribir una opinión positiva es bueno para el alma ☺

¿Sabías que ahora también puedes disfrutar de mis historias en audiolibros? Te invito a gozar de esta experiencia con mi relato *Los desaparecidos*. Escúchalo **gratis** aquí: https://soundcloud.com/raulgarbantes/losdesaparecidos

Puedes encontrar todas mis novelas en mi página web: www.raulgarbantes.com

Finalmente, si deseas contactarte conmigo puedes escribirme directamente a raul@raulgarbantes.com.

Mis mejores deseos,
Raúl Garbantes

amazon.com/author/raulgarbantes

goodreads.com/raulgarbantes

instagram.com/raulgarbantes

facebook.com/autorraulgarbantes

twitter.com/rgarbantes

www.ingramcontent.com/pod-product-compliance
Lightning Source LLC
Chambersburg PA
CBHW030135180626
46812CB00002B/704